Le thé des vieilles dames

Du même auteur
aux Éditions du Masque

LA RÉVOLTE DES PÈRES NOËL
LE TESTAMENT DE BASIL CROOKES

Pour l'éditeur, le principe est d'utiliser des papiers composés de fibres naturelles, renouvelables, recyclables et fabriquées à partir de bois issus de forêts qui adoptent un système d'aménagement durable

En outre l'éditeur attend de ses fournisseurs de papier qu'ils s'inscrivent dans une démarche de certification environementale reconnue.

Collection de romans d'aventures
créée par Albert Pigasse

www.lemasque.com

Pierre Véry

Le thé des vieilles dames

ÉDITIONS DU MASQUE
17, rue Jacob, 75006 PARIS

A
Marguerite EFFEL
et à
Jean EFFEL
Créateur du Ciel
et de ce qu'il renferme,
Père des Anges,
Frère des Fées,
Protecteur des Académiciens,
– cette « tasse de thé »,
avec mon amitié.

P. V.

ISBN : 978-2-7024-3340-9

La véritable astrologie prédisant l'avenir en toute certitude ne sera pas découverte tant que la terre sera habitée par des hommes qui ont peur de la mort.

A. de THYANE
(Traité pratique d'astrologie élémentaire.)

« Grâce à mes dons de Voyant et à mes connaissances des Sciences occultes, je vous révélerais votre Passé, vous expliquerais votre Présent de même que si j'avais toujours vécu auprès de vous, ce qui vous prouve bien que je puis vous révéler votre Avenir...

« Le montant de mes honoraires pour un Horoscope complet très détaillé est fixé à : francs 150. Comme votre cas est un des plus intéressants que j'ai eu à étudier, je vous ferai profiter d'un prix de faveur de cinquante francs seulement. »

LES FAKIRS

Les fakirs vivent de la charité publique, passent leur vie sans travailler, sans asile, et n'ont pour vêtement qu'un lambeau d'étoffe autour des reins.

Le Petit Larousse

LE THÉ DES VIEILLES DAMES

En boule, sur la descente de lit... Mort. Il était couché sur le flanc gauche, le nez dans le gilet, les doigts crispés sur le ventre. Le col du veston était tout sanglant. Il y avait une large tache brune, gluante, sur la carpette. On lui avait planté un couteau de cuisine dans la nuque.

« Et dire, songeait l'avocat, que cela a débuté par des papillons! Oui! J'ai été conduit jusqu'ici par un attelage de papillons, – comme les fées du temps jadis! Et puis, il y a eu ce nombre 126! Et le nombre 147! Et les cent pas du nain! Les séances de la postière devant son armoire à glace! Et ce muet, bavard comme une pie!... »

Ah, le hasard avait bien manigancé son affaire! Bien tendu son piège!...

Mais il faut commencer par le commencement...

1

LES MESSAGES CHIFFRÉS

– Criquebec est un peu mort, en ce moment, observa la veuve.

Sur la place, on entendait retentir trois mots, toujours les mêmes : « Bleu... blanc... rouge... Bleu... blanc... rouge... »

– Qu'est-ce que ce perroquet ? demanda l'homme.

– Rien, dit la veuve. C'est la petite des Bladout. Des fainéants, qui vivent dans la crasse !

Elle poussa un faible soupir.

C'était une forte femme que la veuve Angat. 1 m. 92 de hauteur; 138 centimètres de tour de taille; poids : 146 kilos.

Elle avança vers la fenêtre un doigt boudiné comme une saucisse, écarta imperceptiblement le rideau et, par-dessus les verres du binocle qui tremblait à l'extrémité de son nez mou, elle lança un coup d'œil sur la place.

Des fillettes jouaient aux « Portraits ».

Elles contrefaisaient des personnalités de la ville : le maire Lecorbin, Andréa Gauric la maîtresse d'école, le muet Barnabé, le nain Couril, la veuve Angat, M. Jaufre, Médéric Plainchant, Aubin le garde champêtre. D'après la démarche, l'intonation, les gestes professionnels ou les tics, il fallait deviner qui.

A l'écart, la petite Bladout était adossée à un marronnier. Elle portait un pull-over canari et une robe vert épinard, que dépassait d'une bonne largeur de main un jupon écarlate. Elle se donnait tout entière à ce jeu de son invention qui consistait à crier indéfiniment trois noms de couleurs. Elle ne marquait pas l'intervalle entre les mots, de sorte que l'on éprouvait l'impression qu'elle n'en prononçait qu'un, dépourvu de sens : « Bleublanrouge... Bleublanrouge... » Pour comble, ce vermisseau avait une voix pointue comme une épine.

– Et l'on n'est qu'au début d'août! gémit la veuve Angat.

Jusqu'à la rentrée des classes, on aurait le tympan vrillé par cette espèce de lancinante incantation!

Elle laissa retomber le rideau. En une seconde, elle avait vu tout ce qu'il était possible de voir (on a de bons yeux, en province!) : la petite Bladout, les fillettes, le carlin de la boulangère urinant contre la borne centrale, Francis Couril, le vaniteux nain, qui faisait ses cent pas, l'estomac barré d'une chaîne de montre en or, ne voyant personne – ou se donnant l'air de ne pas voir –, ignorant les saluts quand, d'aventure, un pauvre niais des villages lui tirait son chapeau, et ruminant on ne savait quelles pensées – ou, plutôt, si, on savait très bien lesquelles! Rien de joli!

Elle avait noté, chez Mme Gentil, la pharmacienne, la présence de la bonne de Me Figuier, le notaire (quel remède pouvait-elle acheter?), un paysan venu à vélo chez le boucher Frelasset, deux dames dans le magasin de Fernande Vasseur (des personnes qu'elle n'avait pu reconnaître). En riant, Mlle Zélie Beluge, toujours gamine, montrait de loin à Médéric Plainchant un bébé qu'elle faisait sauter sur son bras (à qui pouvait être ce nourrisson?). Sur le seuil du vieux Jaufre, le muet Barnabé, dans ce costume si rapiécé qu'il le faisait ressembler à un Arlequin, sciait des rondins, en se fâchant tout seul. La cheminée du presbytère lâchait un peu de fumée. Du feu par cette chaleur? Quelqu'un de souffrant, sûrement! Savoir si c'était le prêtre ou sa servante?

En outre, si la veuve n'avait pu, à proprement parler, les distinguer, du moins avait-elle deviné, derrière chaque fenêtre de chaque maison cernant la Place, un profil de vieille aux aguets, des doigts écartant imperceptiblement des rideaux.

Pour la troisième fois, elle soupira. (On soupire beaucoup, en province!)

– On se sent mou!

– Pis que mou! Liquéfié! approuva l'homme.

Un drôle de corps, ce particulier! Grand, svelte, quarante-cinq ans environ, bouche mince, nez busqué, des prunelles jaunes ponctuées de noir, il faisait penser à un hibou sardonique.

Son regard était inquiétant de fixité. Même la façon benoîte dont il baissait ses paupières, étonnamment bombées et qui semblaient de velours, avait quelque chose de peu rassurant!

Il était capable de garder une immobilité fascinante à la longue.

Il considérait le papier tenture bleu pervenche, les doubles rideaux bleu d'outremer, le tissu bleu de Prusse dont étaient tendus les fauteuils. Dans un angle de la fenêtre, un petit disque de satinette bleu de roi était collé à la vitre.

Au-dessus d'une porte à double battant était peint un globe rayonnant. En lettres gothiques, ce nom : *Jupiter*. Un peu plus bas, une flèche : le signe qui représente, en astrologie, la constellation du Sagittaire.

Une pendulette sonna quatre coups aigrelets.

– Voici Fernande Vasseur, annonça la veuve.

Dans le creux de sa paume, elle pouffa.

– Fernande Vasseur, demanda l'homme, c'est elle qui...

– Celle qui croit aux Nombres – oui ! Elle va expérimenter sur vous, vous n'y échapperez pas !

Fernande Vasseur marquait la soixantaine. Elle était sèche et jaune. Elle avait un air fureteur, et des façons effrayées qui venaient de ce que son mari était un coléreux, qui la houspillait.

Dans la pénombre, elle n'aperçut pas l'homme, qui s'était dressé sans bruit. La veuve souleva sa masse énorme, s'avança d'un trot de pachyderme.

– Ravie de vous voir, ma bonne Vasseur !

– Et moi donc, ma bonne Angat ! Vous vous portez bien ?

– Mon arthrite me donne de l'ennui. Vous savez que le vendredi est mon jour contraire. Saturne ne désarme pas !

– Jupiter arrangera cela, je suis tranquille ! répliqua la Vasseur, d'un ton où l'homme démêla un rien d'ironie.

La veuve eut un doux sourire, et demanda :

– Quelles nouvelles ?

– Andréa Gauric a perdu son procès contre Gratoulet. Ça lui pendait au nez ! Gratoulet a le député dans sa manche. Je suis bien contente !

– Je croyais qu'Andréa Gauric était de vos amies ?

– Bien sûr ! Je suis furieuse qu'elle ait perdu, mais je suis contente de voir que ma prédiction s'est réalisée. J'avais fait le calcul par la Clef du Double Zodiaque.

La veuve adressa un signe d'intelligence à l'homme demeuré dans la pénombre – l'air de dire : « Vous entendez ? ça commence ! »

– Le nombre bi-zodiacal d'Andréa Gauric est 77, poursuivait la visiteuse, très excitée. Celui de Gratoulet, 78. Divisez par 9. 77 donne comme reste : 5. 78 donne 6. Consultez le Tableau des Victoires numérales, vous constaterez que 6 bat 5. Je l'ai expliqué à la pauvre Gauric; je lui ai montré le Tableau; je lui ai dit : « Vous avez tort de vous obstiner, Andréa! Les nombres sont contre vous! Quand bien même vous auriez le meilleur avocat de la terre... » Mais je prêchais dans le désert! Andréa est un esprit fort, elle n'en fait qu'à sa tête. Et voilà le résultat! Elle va faire appel à Rouen, maintenant! Eh bien, elle perdra encore!

L'homme toussa légèrement. Fernande Vasseur sursauta.

– Mille pardons, monsieur! Dans l'obscurité, je ne vous avais pas... J'ignorais que vous aviez quelqu'un, ma bonne Angat; je me sauve, je reviendrai plus tard.

– Du tout! Du tout!

L'homme s'approchait.

– Je vous présente M. Prosper Lepicq.

L'homme saluait.

– Très honorée, dit Fernande Vasseur.

Elle tenait sur la place un commerce de corsets, ceintures, gaines, et autres commodités d'hygiène et d'esthétique féminine. Elle avait astucieusement baptisé son magasin : *A la Taille de Guêpe.* Enseigne flatteuse, si l'on songe que la veuve Angat (138 centimètres de tour de taille!) et une pincée de matrones de tonnage presque aussi impressionnant constituaient l'essentiel de sa clientèle!

– Croiriez-vous, monsieur Lepicq, insinua la veuve, que mon amie Vasseur, rien que sur le vu de votre nom, est capable de deviner votre profession, votre caractère, et même votre avenir!

– Pas possible!...

– Angat exagère! minauda la Vasseur, pour la forme. Enfin, si vous le permettez, je puis essayer...

Sur un feuillet, elle traça le nom de Prosper Lepicq, inscrivit un nombre en regard de chaque lettre, puis additionna :

– C'est le procédé de la Main de Fathma. Ces nombres correspondent à la valeur kabbalistique des lettres. Je constate que le total donne 592. 592 est votre nombre individuel.

– Je le trouve sympathique, dit Lepicq, amusé.

La Vasseur tira de son sac une brochure fatiguée.

– Je me réfère au Tableau des Correspondances numériques de la main de Fathma et je décompose votre nombre. 500 signifie : *Elections, honneurs, statue.*

– C'est trop flatteur ! fit modestement Lepicq.

– Voyons 92... Ah ! comme c'est curieux...

– Quoi donc ?

– 92 annonce : *Destruction, mort, catastrophe.*

– Voilà qui est moins réjouissant !

Fernande Vasseur médita.

– Je vois... Par la ruine et la mort, vous accédez aux honneurs ! Conclusion : vous devez être dans l'armée. Disons colonel. Suis-je tombée juste ?

– Pas exactement, chère madame ! Je suis avocat d'Assises.

– Ah ! fit-elle, désarçonnée.

Mais elle se reprit vite.

– Voulez-vous dire que vous plaidez pour les assassins ?

– C'est cela même !

– Eh bien ! Officier... Avocat... L'oracle s'applique aux deux professions ! C'est en vous occupant des gens qui donnent la mort que vous parviendrez à la célébrité – si ce n'est déjà chose faite ! ajouta-t-elle aimablement. Soyez indulgent pour mon ignorance : la province, n'est-ce pas...

Sur la place, les fillettes jouaient maintenant à

Chat perché. Pour savoir qui « s'y collerait », elles récitaient à toute vitesse : *Am Stram Gram, Femina Godam, Carabim Zigolo, la Ville Capitale, chez la Mère Angot!*

Cette version modifiée d'une formule que l'homme croyait définitivement mise au point par la sagesse enfantine avait été rapportée de Rouen par une grande du certificat d'études.

– Il n'y a pas longtemps que vous êtes à Criquebec, maître Lepicq? questionnait Fernande Vasseur, qui savait parfaitement que l'avocat était arrivé l'avant-veille au soir. Vous comptez rester quelque temps parmi nous?

– Je ne sais trop encore.

– J'espère que nous ne devons pas à un meurtre, ou à je ne sais quelle vilaine histoire, le plaisir de vous avoir dans nos murs?

– Rassurez-vous, madame! Je suis en vacances. Un hasard, que je remercie, m'a conduit à Criquebec.

C'était vrai. Un hasard. Le plus grand des hasards.

– J'ai été séduit par le charme de votre ville si pittoresque...

Cela, c'était un mensonge.

Mais Prosper Lepicq, le fameux avocat-détective, ne tenait nullement à révéler à la dévote des chiffres que c'était à cause de deux nombres, précisément, qu'il avait changé ses projets et pris le parti de faire un séjour dans cette localité de Basse-Normandie où sa fantaisie l'avait amené.

126... 147...

Deux nombres en possession desquels l'avait mis le hasard.

Deux messages chiffrés...

– Les chiffres, proféra sententieusement Fernande Vasseur, c'est effrayant, quand on y pense!

Si je vous disais que mon mari, dans son année, fait en moyenne douze millions de pas!

– Ah bah! dit Lepicq, interloqué.

– C'est très simple! Mon mari est facteur. L'une dans l'autre, ses tournées représentent vingt kilomètres. Mettez qu'en dehors du service, pour aller ici ou là, tourner autour d'un billard, ne rien faire, il marche encore ses cinq kilomètres. Au bout de l'année, cela vous donne neuf mille kilomètres! A soixante-quinze centimètres le pas, vous avez les douze millions que je disais!

– 126... 147..., songeait Lepicq.

Il remarqua, pour feindre d'être à la conversation :

– En cinquante ans, cela fait six cents millions de pas! C'est fantastique!

L'avocat et la marchande de corsets se tenaient strictement immobiles. Seule, la veuve bougeait un peu – si peu!... Rien que ce geste, qu'elle accomplissait toutes les deux minutes : avancer un doigt pour écarter d'un centimètre, une seconde, le rideau.

Bien qu'il n'y eût dans la pièce d'autres fleurs qu'une brassée de « monnaies du pape », un parfum flottait, très atténué. Dans un cadre, une photographie jaunie montrait, auprès de l'imposante veuve, un bout d'homme maigrichon, noir comme un grillon, possesseur d'une moustache de chat : feu Ernest Angat.

De la cuisine arrivaient des grincements. La vieille servante Noémi grattait le fond d'une bassine où elle projetait de faire des confitures. On entendit un cri, suivi de grommellements, et la servante entra dans le salon. Elle tenait comiquement dressé son pouce droit, le long duquel coulait un filet de sang.

– Vous vous êtes coupée, ma pauvre! Il faut mettre de la fleur de lys.

– Non, non, dit Noémi. Rien de tel qu'une toile d'araignée. Je monte au grenier en chercher une.

La veuve et la Vasseur haussèrent les épaules. La toile d'araignée pour guérir les coupures, c'était encore une recette de Zélie Beluge ! Juste ce qu'il fallait pour envenimer une plaie !

2

CRIQUEBEC

L'avocat-détective parisien Prosper Lepicq avait eu un hiver et un printemps exceptionnellement chargés. Aussi, cet été-là, il avait décidé de s'offrir des vacances.

Mais des vacances comme peu de gens songent encore à en goûter; des vacances qui fussent un vrai repos pour l'esprit; des vacances romantiques : un gentil voyage à pied.

Il avait convié son jeune secrétaire Jugonde à participer à l'expédition. Une affection profonde, avivée par le souvenir de multiples dangers courus ensemble, unissait l'avocat et l'adolescent. Pourtant, ce dernier avait décliné l'invitation. Avec gêne, il avait fini par avouer qu'il était, la veille au soir, tombé éperdument amoureux ! Le coup de foudre !

– Toute ma compassion vous est acquise, mon pauvre ami ! avait plaisanté Lepicq. Durant mon absence, vous serez bien aimable de passer ici, de loin en loin, mettre le nez dans le courrier.

Puis, d'un pied alerte, il était parti, par l'avenue des Champs-Elysées, l'avenue de la Grande-Armée, l'avenue de Neuilly, la Défense.

Son but était Le Havre.

Dans une serviette de cuir – réplique moderne

du baluchon des anciens Compagnons du Tour – il emportait deux chemises, deux tricots, deux caleçons, un slip pour les baignades, trois paires de chaussettes, six mouchoirs, un pyjama, une paire de pantoufles, et les *Essais* de Montaigne – ouvrage complet en un volume, non coupé.

Tout doucettement, le long des méandres de la Seine, s'arrêtant pour piquer une tête et faire quelques brasses quand cela lui chantait, n'avançant guère plus vite que ces péniches que hale un vieux cheval borgne, il avait flâné sa route vers la Manche.

Il rencontrait des pêcheurs, des amateurs de natation, des nudistes, des amoureux : rien que de braves gens ! La notion qu'il existe de par le monde des créatures qui tuent leur semblable pour le voler, ou par jalousie, ou pour toute autre raison aussi futile, lui était presque sortie de l'esprit ! Il déjeunait, dînait, gîtait au gré de sa fantaisie; la paresse réglait son horaire, la qualité des paysages son itinéraire. Il éprouvait une telle impression de liberté, d'évasion, que son allure finissait par suggérer l'idée de vagabondage illégal !

Il accomplissait ainsi sa petite moyenne de vingt-cinq kilomètres par jour (tout juste autant que le facteur Vasseur !), sans songer à se demander combien, de ce train, on ferait de pas en une année... Il n'ouvrit pas une fois le Montaigne, mais, le soir, avant de bâiller un dernier coup et de fermer pour six ou sept heures son œil de hibou, il prenait un plaisir enfantin à tripoter le volume, à s'ébahir de son épaisseur !

Puis, les assassins remontaient à la surface. L'avocat songeait qu'après tout ils ont du bon et qu'il était bien ingrat envers eux ! C'étaient eux qui le faisaient vivre, en tuant le monde !

Il posait le Montaigne, tournait le commutateur,

se mettait sur le flanc droit et rabattait précautionneusement sur ses prunelles jaunes ses paupières de velours bombées comme des coquilles de noix.

Une semaine de ce régime, et voilà notre déchiffreur d'énigmes arrivé à une soixantaine de kilomètres du Havre.

Par le travers de Caudebec, pourquoi éprouve-t-il le désir de s'éloigner du fleuve ? Simplement parce qu'une colline couronnée de jeunes chênes l'y invite ! Sur l'autre versant de l'éminence, l'envie le prend de visiter l'abbaye de Saint-Wandrille. Mais, lorsqu'il atteint la vallée, il a déjà oublié son dessein ! Où va-t-il ? Il va à Yvetot ! Yvetot ? Bonne idée ! Au fait, pourquoi Yvetot ? Aucune raison ! A cause de la chanson de Béranger, peut-être...

Mais, en chemin, se présente une prairie à papillons. Séduisante, avec des bouquets de pommiers. Lepicq s'y engage.

Tant pis pour Yvetot !

Ce fut ainsi, guidé par des papillons, sensible à toutes sollicitations, merveilleusement disponible, que Lepicq arriva au bord du cirque où la petite localité de Criquebec fumait sous le soleil.

Comment il s'était trouvé quatre cents âmes d'assez bonne composition pour consentir à venir s'installer aux flancs de ce cratère crayeux afin d'y cuisiner, aimer, souffrir, dormir, rêver, l'explique qui pourra !

Criquebec possédait une place, et n'en possédait qu'une. C'était *la Place*. Circulaire, cernée d'une vingtaine de marronniers cendrés, elle occupait le fond de la cuvette – un fond flamboyant aux jours de luminosité intense, et bouillonnant de vapeurs aux époques de fortes pluies.

C'était l'heure vespérale où un aimable engourdissement vous raidit les tendons du jarret, vous endort le muscle de la cuisse. L'heure où la perspective de s'affaler sur une chaise cannée, à une terrasse de café, devant une absinthe, et de se renverser en arrière, de s'étirer les jambes jusqu'au bout du département, vous pousse aux lèvres un petit rire qui ne veut pas dire grand-chose, mais qui dit juste ce qu'il veut dire !

Prosper Lepicq, par les ruelles torses, s'était laissé couler jusqu'à la Place. A la terrasse du café-restaurant-hôtel du Commerce et des Sports, maison Pibole, il s'était affalé, renversé en arrière. On lui avait servi une jolie absinthe bien verte où nageait un joli glaçon. Il s'était dit que, du moins pour le moment, le vert était la plus belle couleur qui fût ! Une vraie preuve de l'existence de Dieu ! Et les chaises cannées, aussi, étaient une preuve de l'existence de Dieu !

« *Am Stram Gram...* piaillaient des fillettes, entre deux regards en coups d'épingles vers « l'étranger ». Lepicq s'était dit que c'étaient de bien bonnes et jolies fillettes. Un nain d'une quarantaine d'années faisait les cent pas sur la Place. Il avait un aspect plutôt rechigné, il fallait en convenir, et il marchait rageusement. Néanmoins, Lepicq s'était dit que ce ne devait pas être un méchant nain, dans le fond ! D'ailleurs, Criquebec, en gros comme en détail, semblait une bien bonne petite ville, dont les habitants avaient bien bonne mine – une mine avenante et ouverte... De la béatitude, l'avocat glissait à la bêtise. Mais il était assez intelligent pour comprendre que, de loin en loin, il faut savoir devenir bête : c'est bon pour la santé !

Rigoureusement au centre de la Place s'érigeait une étonnante borne rectangulaire, haute d'un mètre cinquante. D'une blancheur éclatante, elle portait, en lettres noires, cette inscription :

Ville de Criquebec
Canton de Caudebec
Arrondissement d'Yvetot
Seine-Inférieure

Cette borne saugrenue (une invention du maire, M. Léonce Lecorbin) faisait penser à une enveloppe, et l'inscription à une suscription – une adresse à laquelle il n'eût manqué que le nom du destinataire, que l'on se représentait volontiers sous les apparences d'un individu à la mesure de son courrier : un géant !

« Voici une bien belle borne ! » se disait Lepicq, enclin à toutes les indulgences. Il jeta un regard sur la façade du café-restaurant-hôtel Pibole et, d'emblée, le jugea un très sympathique et confortable établissement.

« Je vais joliment bien dîner ! Et joliment bien dormir ! »

De fait, il dîna joliment bien.

Mais il était joliment loin de se douter que, pour ce qui était de dormir...

L'événement se produisit sur le coup de 11 heures.

La chambre de Lepicq comportait deux fenêtres donnant sur la Place, l'une au sud-est, l'autre au sud-ouest. Lepicq avait éteint sa lumière. Ses bretelles pendaient le long de ses jambes. Son pantalon tombait sur ses pantoufles. Accoudé à la croisée est, il savourait un cigare. Sur la Place, un réverbère poussait dans le soir doux une flamme chanteuse. Les maisons cernant la Place étaient plongées dans les ténèbres, à l'exception de deux. Dans celle de droite, où le regard de l'avocat pouvait aisément plonger, se tenait, au premier étage, un rose et grassouillet sexagénaire.

L'homme se livrait à une mimique destinée à attirer l'attention d'un autre personnage installé dans l'immeuble d'en face, éclairé lui aussi. Il suffit à l'avocat de se transporter à sa fenêtre ouest pour apercevoir une femme fluette, d'un âge sensiblement égal à celui de l'homme. Ce dernier, sur une large feuille de papier, traça, au fusain, une inscription. Il éleva la feuille et en approcha une lampe à pétrole, pour que la femme pût déchiffrer, malgré la distance. En se penchant, Lepicq parvint à lire. L'homme avait simplement écrit un nombre : 126.

La femme paraissait en proie à une certaine irritation.

A son tour, elle se pencha sur une feuille de papier. Lepicq sauta à sa fenêtre ouest et prit connaissance de la réponse – un nombre également : 147.

Peu après, la lampe de la femme fut soufflée – puis celle de l'homme.

Egayé, Lepicq enfila un veston, descendit. Sur la Place faiblement éclairée par le réverbère siffleur, il repéra les immeubles qui l'intéressaient. Un magasin de coutellerie occupait le rez-de-chaussée de la maison du sexagénaire. Au fronton, se lisait cette enseigne : *A La Fine Lame.* Sur la porte vitrée, un nom, en lettres d'émail :

Médéric PLAINCHANT
Successeur de son père

De l'autre côté de la Place, il y avait aussi un magasin, tenu par Mlle Zélie Beluge. L'enseigne plongea l'avocat dans le ravissement : *Au Désir de Contenter.*

La vitrine témoignait effectivement d'un vif désir

de contenter petits et grands. Il y avait là de la mercerie, des illustrés, des journaux de mode, du papier à fleurs et à colombes, pour souhaits du bout de l'an et déclarations sentimentales, des articles pour pêcheurs, des jouets : poupées, pères-la-colique, pistolets à flèches de caoutchouc, des amorces, des pétards, de la verroterie, des billes, des balles, des dominos, des couleurs sans danger, des drapeaux de papier, des pochettes de timbres pour collectionneurs, des lampions pour cyclistes, un bric-à-brac d'inutilités charmantes, et même tout un assortiment de « farces et attrapes » du genre *physique et chimie amusantes* : blocs neigeux, rosettes frileuses, fluide glacial, *Sparkling Handshake* (Madame, je vous serre la main avec des étincelles!), la bûche du diable, la vis du diable (la plus comique!), et du papier volatile, et du fil sans fin, et des anneaux merveilleux, sans oublier la « Trompette nasale », dite : Rhume de cerveau! De quoi rire et se distraire en famille!

Lepicq souriait en soufflant aux étoiles la fumée de son cigare.

« Quelle délicieuse petite ville! Et quels habitants bons enfants! »

La nuit était claire.

Avant de rentrer à l'hôtel, l'avocat marcha un peu. Cette promenade le conduisit à un assez vaste carrefour : la Patte-d'Oie-du-Petit-Roi. Là aussi, au premier étage d'un immeuble lézardé, une lumière brillait. Elle s'éteignit juste comme Lepicq arrivait. Au même instant, l'avocat surprit, sur la Patte-d'Oie, une silhouette. Elle glissait furtivement le long d'une muraille, et s'enfonça dans une ruelle. Puis il y eut un bruit de galopade. Lepicq continua sa promenade. Il croisa un autre personnage : le muet Barnabé. Il parlait seul, c'est-à-dire qu'il produisait des grognements dépourvus de signification pour tout autre que lui. Une rage violente le faisait gesticuler.

« Délicieuse petite ville ! » se répétait Lepicq.

Mais le ton n'y était plus !

Ces incidents avaient suffi pour mettre l'avocat-détective en humeur de ne plus voir partout que mystères incongrus se déroulant dans Criquebec, après le couvre-feu !

Le lendemain matin, comme il prenait son café au lait à la terrasse de l'hôtel, il aperçut Médéric Plainchant. Le coutelier arrosait son trottoir avant de le balayer. Il paraissait mélancolique. Zélie Beluge se montra sur son seuil. Elle avait l'air en gaieté. Vivement, le coutelier ouvrit grande sa main droite, puis la ferma, gardant seulement l'index levé.

– Tiens, tiens ! se dit Lepicq. Le jeu des messages chiffrés continue ! Cinq doigts, plus un, égale 6.

Zélie Beluge disparut dans son magasin, ressortit peu après, et traça sur sa vitrine, au blanc d'Espagne, le nombre 39, qu'elle effaça ensuite prestement. Laissant là son balayage, Médéric Plainchant s'enferma dans la coutellerie.

L'avocat rentra dans la grande salle de l'hôtel Pibole.

– Tout compte fait, je ne pars pas aujourd'hui ! J'ai l'intention de me reposer ici quelques jours.

De nouveau, ce soir-là, Lepicq eut la satisfaction de voir se reproduire l'étrange signalisation. Zélie Beluge entama la conversation par le nombre 101. Plainchant répondit par 56 et 85. En réplique, Zélie envoya 20. Plainchant riposta par 158, ce qui eut pour résultat d'arracher à Zélie un rire bref et strident. Et, ensemble, les deux lampes s'éteignirent.

L'homme et la femme avaient convenu d'un

« code », c'était évident. Chaque nombre correspondait à une phrase arrêtée d'avance.

Tout en réfléchissant, Lepicq gagna la Patte-d'Oie-du-Petit-Roi, où, la veille, une galopade avait suivi l'extinction d'une lumière. Il n'espérait point que le double événement se reproduisît. Ce fut pourtant ce qui arriva !

Promptement, l'avocat rebroussa chemin, parcourut la longueur de deux ruelles transversales, se plaqua dans une encoignure. Le guetteur de la Patte-d'Oie arrivait : c'était le nain Francis Couril !

L'appartement sous les fenêtres duquel il épiait était occupé par une demoiselle d'une quarantaine d'années : Reine Coulemelle, employée des Postes.

Un peu plus loin, l'avocat revit, gesticulant et vociférant, le muet Barnabé.

« Drôle de petite ville ! »

Le lendemain, nouveau dialogue chiffré :

– 9, dit Médéric Plainchant.

– 16, répond la marchande de farces et attrapes.

– 30, riposte le coutelier.

– 18, repartit Zélie Beluge.

3

LE SALON DE LA VEUVE ANGAT

Chaque jour, de 4 à 6, la veuve Angat « tenait salon » – c'est-à-dire qu'elle recevait une demi-douzaine de vieilles maniaques; Zélie Beluge, que Lepicq désirait étudier, faisait partie du cénacle. L'avocat, par l'hôtelier Pibole, se fit présenter à la veuve.

– Ces dames, m'a-t-on dit – glissa-t-il –, s'intéressent aux sciences occultes?

– Tutt! Tutt!... Sciences occultes, c'est un grand mot! Les méthodes de ces dames ne sont pas précisément scientifiques! Vous vous occupez d'occultisme, mon cher maître?

Lepicq n'en était pas à un mensonge près!

– Ce serait mon plus vif désir, chère madame! Mais... le temps! Je suis si bousculé!

– Evidemment! Le tourbillon de la vie parisienne...

– Pourtant, à cause de ma profession, je m'intéresse à la physiognomonie.

Il disserta protubérances crâniennes, visages conoïdes ou triangulaires, lâcha quelques mots barbares : amativité, affectionnivité, acquisivité...

– Oserai-je vous demander d'examiner mon crâne? fit la veuve.

Lepicq s'exécuta sans sourciller.

– Sur la partie médiane de la tente du cervelet, je note une protubérance marquée. Signe de philogéniture : l'instinct maternel est très développé chez vous.

– Hélas! dit la veuve avec un visage soudain bouleversé. J'aurais tout donné pour avoir un enfant! Cela m'a été refusé. Songez, maître Lepicq, qu'il n'y aura même pas eu dans ma vie une fausse couche!

Elle reprit, d'une voix apaisée :

– Et qu'observez-vous encore?

– Bosse d'alimentivité faible : vous devez manger très peu.

– Comme un oiseau! susurra la veuve aux 146 kilos.

– Habitativité prononcée. Dénote l'amour du chez soi.

On entendait un bruit de roues : Mme Angat écarta le rideau de la fenêtre. On vit passer les jeunes demoiselles Lecorbin, glorieuses comme Artaban dans leur tilbury, mais qui n'avaient tout de même pas encore trouvé de mari, laideronnes qu'elles étaient!

– Je m'occupe d'astrologie, reprit la veuve. C'est passionnant! Savoir quels fluides astraux nous gouvernent, le moyen de contrebalancer les influences néfastes, quelles sont nos chances de réussite, et les époques... Tenez! Moi, par exemple. Je n'en fais pas mystère : j'ai soixante ans. Je suis née le 14 décembre 1876. Le 14 décembre est compris dans le troisième décan du Sagittaire, sous le gouvernement de Saturne. Saturne est une planète malfaisante. En astrologie, nous l'appelons la Grande Infortune. Saturne fauche les bébés, rend les femmes stériles. (Ici, nouveau soupir.) Ses sujets, dans l'ensemble, sont neurasthéniques, chétifs...

Lepicq n'avait pu retenir une expression de

surprise. 1 m 92... 138 centimètres de tour de taille... 146 kilos...

– Mais attendez! fit-elle. D'abord, le Sagittaire n'est pas mauvais, comme constellation. Ah, dame, il ne vaut pas la Vierge, mais il est bien meilleur que les Poissons! Il donne l'amour des sciences, de l'esprit de suite, des passions calmes. Et je ne vous ai pas dit le principal. Le 14 décembre, dans mon ciel de nativité, savez-vous qui entrait en Maison I? Jupiter, mon cher maître! Or, qu'est-ce que la Maison I? C'est la Maison de la Vie. Et qu'est-ce que Jupiter? C'est la plus bénéfique des planètes, c'est « la Grande Fortune »!

– Oui, oui! faisait l'avocat, qui avait grand-peine à conserver son sérieux. Oui, oui! Evidemment!

– Mon jour faste est le jeudi; ma couleur, le bleu; ma pierre, la turquoise; mon parfum, le safran.

Le bleu... Voilà pourquoi le salon jupitérien était voué au bleu! Pourquoi, dans l'angle de la fenêtre, était collé un disque de satinette bleue. Et voilà quel était ce parfum insolite...

La veuve parla de sa vie conjugale. Elle avait été brève. Trois années, au bout desquelles une embolie avait arraché Ernest Angat à l'affection de son épouse. Ce décès prématuré n'avait pas surpris Mme Angat; elle s'y attendait depuis que l'étude du ciel de nativité de son mari lui avait appris qu'Angat était né sous le signe du Lion, qui régit le cœur. Saturne était son maître du décan; Mars, maître du jour, ajoutait sa brutalité aux sombres influences de Saturne, et Vénus en quadrature avec Mercure en Maison VI (la Maison de la Santé), n'arrangeait pas les choses.

Lepicq ramena la conversation sur ces dames.

– Mon Dieu, dit la veuve, ces dames m'amusent – pour être franche! Chacune a son procédé de divination : Amandine Maisondieu les lignes de la main, Clémence Maisondieu les songes, Fernande Vasseur les nombres, la bouchère Frelasset les cartes, le marc de café.

– Zélie Beluge ?

– C'est une cervelle de sansonnet ! Elle croit à toutes sortes de formules ridicules ! Dans sa tête, c'est comme dans sa vitrine : le fouillis ! Mais on lui pardonne tout : elle est adorable !

Lepicq fit un « mot » qui enchanta la veuve :

– En somme, ces dames taquinent le Sphinx !

– Honnêtement, conclut Mme Angat, je dois signaler une coïncidence curieuse. Amandine Maisondieu m'avait prédit la mort subite de mon mari, à la suite d'une étude qu'elle avait faite des lignes de sa main. A la base du médius, sur le mont de Saturne, le pauvre Angat portait une double croix. Aux dires d'Amandine, ce signe ne pardonne pas. Je suppose qu'elle est tombée juste par chance...

Ce soir-là, en ingurgitant son absinthe, Lepicq se demanda si le vert, astrologiquement parlant, lui était faste ou néfaste. Après le dîner, il fit une promenade de digestion qui le conduisit tout naturellement à la Patte-d'Oie-du-Petit-Roi. Reine Coulemelle, devant une armoire à glace, ôtait sa robe : Lepicq la vit en jupon.

Elle habitait une maison d'angle qui faisait le coin de la rue des Etourneaux et de la rue du Pot-de-Grès. En face de sa fenêtre, s'élevait un haut mur. Ne se doutant pas qu'on pouvait l'observer de la Patte-d'Oie, elle vaquait tranquillement à sa toilette.

Elle mit une autre robe, un chapeau : elle s'apprêtait à sortir.

Lepicq fut tenté de l'attendre, de la suivre. Mais il y renonça et reprit sa promenade. Il montait la pente, lentement. Il parvint sur le plateau.

L'air lui semblait frémissant de radiations qui,

les unes tombant verticalement, les autres arrivant en oblique, convergeaient toutes vers lui. Quelle salade d'influence, quel méli-mélo de fluides!

L'avocat songeait qu'aux influences des planètes s'ajoutaient peut-être celle des étoiles, des amas de la Voie Lactée, et celles des millions de nébuleuses spirales, d'univers-îles girant dans l'infini comme des feux de bengale, pour la satisfaction d'un artificier qui ne regardait pas à la dépense!

Il redescendit la pente, repassa par la Patte-d'Oie. Devant son armoire, Reine Coulemelle ôtait sa robe, son chapeau.

« Elle se remet en " chez elle ". Sa course n'a pas été longue. »

Il rentra à l'hôtel et pénétra dans sa chambre juste à point pour capter la fin d'une conversation chiffrée entre Médéric Plainchant et Zélie Beluge.

– 107, télégraphiait la dame du *Désir de Contenter.*

– 50, répondit l'homme de la *Fine Lame.*

Le lendemain, chez la veuve, Lepicq, ainsi qu'on le sait, faisait la connaissance de Fernande Vasseur.

Peu après arriva une femme qui sentait le sang et le suif, et avait une poitrine agressive, des joues couleur de beefsteack : c'était Angèle Frelasset, la bouchère.

– Je mets le thé en route? demanda Noémi.

– Un instant, ma bonne, dit la veuve. Je ne compte qu'à moitié sur les Maisondieu, mais nous aurons sûrement Zélie Beluge.

– Bon! consentit la servante. Je vais patienter un brin.

A peine avait-elle dit cela que deux coups timides furent frappés à la porte d'entrée.

– C'est notre Zélie!

Sous des cheveux blancs, un visage rose comme une pomme d'api, finement duveté comme une pêche d'août. Primesautière, rieuse, tout, dans l'allure de cette sexagénaire, dans ses gestes, sa voix, faisait songer à une petite fille. Une coiffure en bandeaux accentuait cette impression. Et les yeux – d'un bleu candide...

Dès le seuil, elle commença ses enfantillages ! On la vit se courber, glisser les pointes d'une épingle à cheveux dans une rainure du parquet, en faire jaillir une pincée de poussière qu'elle recueillit, puis jeta sur une boiserie en disant :

– *Ada !*

Elle avait vu une araignée. Ce n'est pas un bon présage. Mais le mot « *Ada* » a le pouvoir de chasser le mauvais sort !

Des recettes de ce calibre, la Beluge en possédait pour toutes les circonstances de la vie ! « *Esoenareth !* » disait-elle pour guérir les brûlures. Répéter trois fois : « *Strugole Decutinem* » conjurait les rages de dents. « *Valeam Albunazar* » était souverain contre la colique.

– Vous ne savez pas la nouvelle ?

– Si ! répliqua la veuve. Nous savons !

– Ah !

Les cils de Zélie Beluge battirent à toute volée devant ses prunelles de porcelaine.

– Eh bien, oui ! reprit la veuve. Andréa Gauric a perdu son procès contre Gratoulet !

– Je savais bien que vous ne saviez pas ! Il ne s'agit pas d'Andréa ! La femme Plantin...

– La Marie, de la rue du Havre ?

– Non ! L'Irma, de la rue du Plateau... La femme de l'agent voyer... Eh bien, ça y est !

Ces dames furent saisies d'une subite exaltation.

– Non ? Déjà ?... Ah, par exemple ! Et... ça s'est bien passé ?

– Je suis sûre que c'est un garçon! jeta Angèle Frelasset. Le marc de café me l'a certifié!

– Justement non! C'est une pisseuse!

– Seigneur dieu! s'extasiait la veuve. Il faut que j'établisse l'horoscope de ce petit ange! Moi qui venais de mettre en train l'érection du ciel de nativité de Me Lepicq! Me voilà du pain sur la planche!

Puis elle frappa dans ses mains.

– Noémi, je pense que les Maisondieu ne viendront pas. Vous pouvez préparer le thé.

– Le thé est prêt! dit Noémi, qui ne portait pas les Maisondieu dans son cœur et n'avait pas jugé utile de les attendre davantage.

Lepicq se tenait près de la fenêtre. Il vit passer sur la Place un vieillard courbé qu'il n'avait pas encore eu l'occasion d'apercevoir.

– Qui est ce monsieur?

Le visage de la veuve se fit méprisant. Les traits de ces dames, y compris Zélie Beluge, exprimaient la même dureté. Lepicq, surpris, réitéra sa demande.

– Qui est-ce?

– Rien! fit sèchement la veuve. C'est M. Jaufre.

Là-dessus, trois coups autoritaires furent frappés.

Avec une grimace, Noémi alla voir. On entendit des bruits de cannes dans le corridor. La porte du salon s'ouvrit.

« Bon dieu! songea Lepicq, saisi. Qu'est-ce que c'est que ces oiseaux de mauvais augure? »

Ces « oiseaux », c'étaient les deux sœurs Maisondieu.

4

LES HUIT CENTS FRANCS DE M. JAUFRE

– Qui ces demoiselles ont-elles eu le malheur de perdre ? demanda discrètement l'avocat à Mme Angat, en désignant les Maisondieu en grand deuil.

– Leur mère et leur père, enlevés à trois semaines d'intervalle.

– C'est affreux !

Lepicq reporta ses regards avec moins d'antipathie sur les deux sœurs. Il tenta de réchauffer en lui des sentiments de compassion : en vain ! C'était impossible ! Elles étaient trop sinistres ! Incapables – eût-on dit – d'autres attitudes, d'autres expressions que celles qui marquent la douleur, ces longues vieilles filles moustachues, raides, pincées, lui inspiraient presque de l'horreur. C'était un peu comme si la température de la pièce se fût soudain abaissée de plusieurs degrés. Les Maisondieu « donnaient froid », littéralement !

En outre, Lepicq découvrait, dans leurs façons d'être, il ne savait quoi de singulier, d'affecté, une troublante absence de naturel...

– Ces deux décès se sont produits récemment ? demanda-t-il encore.

– Il y aura en novembre exactement *vingt-*

quatre ans que la mère et le père Maisondieu sont morts! chuchota Mme Angat avec un rire muet.

Lepicq eut un haut-le-corps. Vingt-quatre ans!... Il s'expliquait son impression, ce côté ostentatoire, spectaculaire, agressif, qu'il avait flairé dans leur manière de porter le deuil! Vingt-quatre ans qu'elles avaient pris le noir, et ne l'avaient plus quitté! Vingt-quatre ans à ne se revêtir que de tissus sombres, à laisser flotter hautainement ces voiles de crêpe! Vingt-quatre ans à arborer cet air désolé, à se garder de tout sourire, à circuler ainsi que de vivantes images de l'Affliction, à prendre ces poses de marbres de cimetière! Elles s'étaient *installées*, noblement, dans le funèbre...

Vingt-quatre ans!... Cela faisait combien de jours? combien d'heures?

« C'est du sadisme! »

Les deux sœurs se ressemblaient extrêmement. Néanmoins, cette ressemblance était plus ou moins frappante, selon le moment.

L'aînée, Amandine, à chaque aube, s'éveillait avec un visage fatigué, fripé, boursouflé, mais, à mesure que la journée s'avançait, les poches se remplissaient, les rides se comblaient, les plis s'effaçaient; le regard devenait moins morne, prenait vie, s'allumait, finissait par luire durement. Chez Clémence, le phénomène inverse se produisait. Elle s'éveillait fraîche, mais chaque minute qui s'écoulait attentait à cette fraîcheur, la fanait, chaque heure flétrissait davantage son teint, l'après-midi creusait ses joues, le crépuscule violaçait ses paupières, élargissait un cerne autour de ses yeux qui, graduellement, s'éteignaient. De sorte que Clémence, le soir, était le vrai portrait d'Amandine au réveil, et Amandine, le soir, l'image exacte de Clémence au réveil! De sorte, encore, que c'était vers le milieu de la journée qu'elles avaient ensemble même visage, l'une commençant de devenir fatiguée alors que l'autre commençait de cesser de l'être : elles se rencontraient dans une espèce d'état moyen. C'était frappant au point que l'idée vous venait qu'il devait y avoir, aux approches de midi, une seconde, une infinitésimale fraction de temps où les deux sœurs se ressemblaient jusqu'à l'identité !

Amandine était née, il y avait de cela tantôt soixante-dix ans, le trois octobre, sous le signe de la Balance, Saturne étant le maître de ce décan.

Clémence était venue au monde deux ans plus tard, presque jour pour jour : le cinq octobre, sous le même signe et dans le même décan que sa sœur, par conséquent.

Maigres, voûtées, l'épiderme grisâtre, la lèvre mince, le menton coupant, rigides de mœurs, portées à la défiance, virtuoses de la dissimulation, affichant en public des airs nobles mais, dès qu'elles étaient seules, se criblant d'observations pleines d'aigreur, se complaisant aux querelles les plus mesquines, c'étaient deux saturniennes parfaites !

– Dans mon magasin, disait Fernande Vasseur à Lepicq, j'ai un escabeau de quatre marches. Si je ne le monte pas cinquante fois dans la journée, je ne le monte pas une ! 200 marches par jour ! Mettez seulement 300 jours dans l'année, cela fait 6 000 marches ! A 25 centimètres la marche, cela donne 1 500 mètres. Cinq fois la hauteur de la Tour Eiffel !

Sur la Place, M. Jauffre se traînait, à l'allure d'un colimaçon.

Il n'était guère ragoûtant, M. Jaufre ! C'était un court vieillard aux traits mollement dessinés, aux joues tremblotantes. Sa chair semblait avoir la consistance de la gelée. On était tenté de dire de lui ce que l'on dit des camemberts : qu'il était « fait à cœur » ! Le crâne, parfaitement chauve, et que l'on imaginait mou comme le visage, agrandissait démesurément un front immense. Petits, noirs et très vifs, les yeux révélaient une inquiétude allant, à certains instants, jusqu'à imprimer au visage une expression abjecte.

– De quoi vit-il?

– De mendicité, fit la Frelasset avec dédain. Il est suspendu aux crochets de tout le monde. La pire des sangsues!

– Ce n'est pas mendicité, qu'il faut dire! lança haineusement Amandine. C'est escroquerie!

Lepicq voulut des précisions.

– Eh bien, fit la veuve – avec moins de méchanceté, car Jupiter confère à ses sujets indulgence et magnanimité –, eh bien, tel que vous le voyez, il va empocher *notre* argent!

Bribe à bribe, l'avocat apprit toute l'histoire.

Jaufre, dans le temps, avait occupé un emploi intéressant dans l'Enregistrement, au Havre. Mais il avait dû quitter ce poste avant même d'avoir droit à une retraite proportionnelle.

– Pourquoi cela?

– Ah, voilà!...

Elles ricanaient en dessous.

Elles ne prononcèrent pas les mots de démission imposée, de malversations, mais Lepicq les lisait sur leurs lèvres.

– Il a puisé dans la caisse? Il a fermé les yeux sur des manœuvres frauduleuses, moyennant un bon pot-de-vin?

Gestes vagues, mines réticentes... On ne pouvait rien dire d'aussi précis. On ne tenait d'ailleurs pas à dire quoi que ce fût de précis.

Après cela, Jaufre avait vécu, ici et là, de dieu savait quoi! Puis, l'âge arrivant, il était revenu s'installer à Criquebec, son pays natal.

C'était alors qu'il avait donné la mesure de son astuce. Jaufre, à Criquebec, possédait deux maisons. L'une, une bicoque noirâtre, dont le toit ne tenait que par miracle, se trouvait sur la Place. C'était là qu'il vivait. L'autre, immense, avec dépendances et jardin, s'élevait sur le plateau. Jaufre était parvenu à persuader le maire, cet orgueilleux Lecorbin, qu'il serait aisé – et combien honorifique pour Criquebec ! – de convertir ces bâtiments en une Maison de Retraite pour les Vieillards indigents. Il offrait de donner l'immeuble à la ville.

Quand on dit « donner », il s'agit de s'entendre ! Jaufre *donnait* l'entière et définitive propriété de sa maison contre un viager de 800 francs par mois, qui lui serait versé jusqu'à sa mort. Lecorbin avait accepté ! Il avait forcé la main aux conseillers municipaux – dont six étaient ses créatures. C'est que Lecorbin était un ambitieux ! La politique lui tournait la cervelle; il ne guignait pas moins que le Palais-Bourbon ! Pour cela, devenir d'abord conseiller général... Ainsi s'expliquaient ses inventions saugrenues : la Borne centrale de la Place, qui servait juste à Barnabé le muet pour s'asseoir ! Près de l'église, cette Pompe que personne n'utilisait (il y avait bien assez de puits, à Criquebec !). Un ridicule Office touristique (on en était encore à attendre le premier touriste amené par cet Office !).

Toujours est-il que le projet de Maison de Retraite ayant semblé à Lecorbin de nature à servir ses desseins, l'affaire avait été conclue. Une affaire ruineuse... D'abord, des réparations qui avaient coûté les yeux de la tête (l'architecte et l'entrepreneur de maçonnerie étaient de gros agents politiques, n'est-ce pas ! Alors...). Puis, l'aménagement, les fournitures : des lits, des draps, un réfectoire avec tout ce qu'il fallait, tables, chaises, etc... Le tout à des tarifs exorbitants ! Ajouter à cela le manque à gagner que subissait la Ville du fait que cette maison ne rapportait plus d'impositions !

Quatrièmement, le salaire d'Amédée Brot, le gardien de la Maison de Retraite, lequel, en fait d'occupations, n'avait qu'à se tourner les pouces, pour la raison que, *depuis dix ans que ce marché insensé avait été fait, et six ans que l'Hospice était installé, pas un vieillard, pas une vieillarde de Criquebec n'avaient consenti à en franchir le seuil,* préférant leur indépendance, ainsi qu'il se conçoit! (Et est-ce une raison parce que l'on est dans le besoin, pour abdiquer sa dignité?) Voilà donc un asile qui n'avait servi à rien! Et Jaufre, depuis dix ans, passait régulièrement à la caisse du percepteur Gratoulet toucher ses huit cents francs mensuels! Neuf mille six cents francs par an! La Maison de Retraite coûtait déjà à Criquebec quatre-vingt-seize mille francs! Et ce n'était pas fini!

Car – se laisser mourir, lui? Pas si bête! Avec ses airs de vieille ruine, sa mine de qui a « un pied dans la tombe, et l'autre ne va pas tarder à suivre » – Jaufre se conservait, prenait bien soin de lui!

Les Ephémérides de Raphaël en main, la veuve Angat avait étudié son ciel de nativité, sa planète dominante, et les diverses positions de ses luminaires dans les Maisons zodiacales, le tout très en détail. Le résultat n'était pas précisément gai! Triple signature de Saturne, Mars et Mercure en aspect dodectile, avec sous-signature lunaire : cela signifiait des prédispositions peu ordinaires à la perversité. D'autre part, Jupiter comme planète maîtresse, exceptionnellement bien campé dans la Maison de la Santé, garantissait à ce roublard de Jaufre une longévité scandaleuse!

La seule consolation des gens de Criquebec était que Lecorbin, avec sa borne, sa pompe, son office touristique et son asile, n'était tout de même pas encore passé conseiller général!

Noémi avait servi le thé, les gâteaux. La veuve avait rempli les tasses. Zélie Beluge mangeait un macaron, suçait un biscuit mousseline, grignotait un petit-beurre, avec la gourmandise d'une petite fille.

– Dieu! que je me sens mal à l'aise, gémissait, de moment en moment, Clémence Maisondieu.

Et de sortir de son sac, qui sentait horriblement le médicament, une boîte de pilules, dont elle avalait deux ou trois, ou des granulés, ou un flacon de sels. C'était une pharmacie ambulante que cette vieille fille!

– N'y faites pas attention! souffla la veuve à l'oreille de Lepicq. C'est perpétuellement la même antienne! Elle voit des microbes partout, elle prétend qu'on cherche à l'empoisonner; elle est toujours à l'article de la mort! Mais c'est surtout son imagination qui est malade!

– Dites-moi, ma bonne Angat, fit à cet instant Clémence. La dernière fois que nous sommes allées à Yvetot, vous rappelez-vous...

– Puisque je te répète qu'il était jaune! coupa Amandine.

Elles avaient toutes deux une voix masculine. De leurs doigts osseux, elles palpaient nerveusement la pomme de leurs cannes à gland noir.

Clémence ignora l'interruption.

– ... Vous rappelez-vous la couleur de ce chat que le commissaire-priseur a chassé de la Salle des Ventes? Amandine prétend qu'il était jaune. Moi, je le vois noir, moucheté de blanc.

– Je le verrais plutôt gris, dit la veuve. Mais, quel intérêt?

– J'ai rêvé d'un chat jaune, cette nuit. Il me griffait. Ordinairement, ce songe annonce une maladie grave. Naturellement, si le chat d'Yvetot était jaune, cela expliquerait mon rêve.

– Eh bien, peut-être qu'il était jaune grisâtre, après tout! concéda la veuve. Oui, ce devait être cela.

– Vous le dites pour me tranquilliser !

– Dans le doute, trancha Zélie, je brûlerais ce soir une poignée d'orties, Clémence, si j'étais de vous ! Cela efface le mauvais songe.

Amandine Maisondieu tenait attaché sur les mains de Prosper Lepicq un regard pour ainsi dire gourmand. Chaque fois que l'avocat soulevait sa tasse, ou portait un gâteau à sa bouche, elle s'efforçait de voir sa paume.

Ces mains... Ces mains au creux desquelles étaient inscrits le caractère, les qualités et les défauts, les vices même de cet homme, son passé, son avenir...

Elle insinua :

– Vous avez une main très intéressante, maître Lepicq. Passionnée et intellectuelle !

Un sourire fut toute la réponse de l'avocat.

Amandine se mit à étudier les doigts, faute de mieux. « Longs et spatulés, se disait-elle : dispositions esthétiques. Penchés vers l'index : ambition raisonnée, dirigée. Mais la longueur de la première phalange trahit une tendance excessive à la fantaisie, et l'écartement à la base des doigts dit : prodigalité, mépris de l'argent. L'ouverture du pouce annonce le dédain des conventions. »

Lepicq mourait d'envie de fumer.

À sa surprise, il vit Clémence tirer de son sac un étui à cigarettes, des allumettes. L'éternelle moribonde aimait le tabac ! Il glissa une main dans sa poche, ramena un paquet de gauloises bleues.

Mais Clémence :

– Oh, maître... Oserai-je vous prier de ne pas fumer ? La fumée me déchire les bronches !

Ebahi, Lepicq fit disparaître ses gauloises.

– Je vous offrirais bien des miennes, dit Clémence. Seulement...

– Très volontiers ! lança vivement l'avocat avançant la main. Je ne connais pas cette marque. Ce sont des polonaises ? Le bout cartonné...

– Non, maître. Des cigarettes d'eucalyptus.

Lepicq retira sa main plus vivement encore qu'il ne l'avait avancée.

Amandine sourit. A la faveur du geste, elle avait pu voir la partie supérieure de la paume : la ligne de cœur de Lepicq était brisée, et en chaînette : un garçon volage ! Peu de constance dans ses amours. Mais quelle splendide ligne de tête il possédait !

La veuve se leva.

– Mesdames... Si vous le voulez bien, nous allons passer dans la salle d'Uranus.

5

LES VIEILLES DAMES INVISIBLES

Dans la maison de la veuve Angat, chaque pièce était placée sous l'invocation d'une planète. La chambre à coucher était vouée à Vénus, qui signifie beauté, douceur, charme, gaieté, séduction. La salle à manger était sous le signe du Soleil, qui est une très profitable « planète », astrologiquement parlant. Ses affaires, la veuve ne les traitait que dans la salle de Mercure, dont l'influence avivait cet entendement commercial naturel, ce sens avisé de ses intérêts qui permettait à Mme Angat de flairer d'une lieue les ruses de ses fermiers.

Noémi dormait dans la chambre de la Lune : cela lui allait bien, lunatique vieille qu'elle était! Mars et Neptune étaient des chambres d'amis. Le malfaisant Saturne avait été relégué dans un débarras où l'on entassait les objets au rebut, les malles sans emploi, les meubles démantibulés, les chiffons : tout le branlant, tout le mité, tout le moisi d'un ménage, que l'on conserve uniquement parce que « ne rien jeter » est le premier des principes qui font les « bonnes maisons ». Quant à la planète Pluton, enfin, dont l'astrologie ne s'occupe que depuis peu, la veuve, à tout hasard, l'avait casée à la cuisine, quitte à l'employer plus judicieusement dès que l'on serait à même de définir avec précision son influence sur la destinée humaine.

Comme par un fait exprès, la maison aux dix salles comportait douze fenêtres : autant qu'il y a de constellations au firmament astrologique. Très naturellement, chaque fenêtre avait été vouée à une constellation. La fenêtre des Poissons, constellation maligne, était une lucarne éclairant faiblement le cagibi de Saturne le maléficieux.

Dans ce cagibi, la veuve pénétrait rarement, et elle évitait comme peste de mettre le nez à la lucarne. Noémi, au contraire, passait des heures dans ce lieu maudit, à fourgonner, et affectionnait de se planter à la lucarne, qui donnait sur l'intérieur des Gentil.

Il faut dire que Noémi était une sceptique finie! Elle fourrait dans le même sac les Astres, les Epingles, les Lignes de la main, le Marc de café, les Songes, le Jaune d'œuf, les Taches d'encre, les Nombres! Non qu'elle n'eût pas, dans le fond, sa croyance, comme chacun! Elle l'avait. « Sûr, faisait-elle, il y a des choses! » Elle croyait aux recettes de Zélie : la toile d'araignée pour les coupures, *Strugole Decutinem* contre les rages de dents, *Valeam Albunazar* contre la colique. Elle croyait aussi aux Cartes. Mais aux bonnes et honnêtes cartes de piquet – les 32; pas aux 78 cartes de la Frelasset, où des figures bizarres étaient peintes : le Bateleur, le Diable, le Pape, le Fou, les Deniers, les Epées, les Coupes, les Sceptres... Bien trop compliqué, ce bataclan! Surtout, elle ne croyait pas aux vertus de leur manipulation par la bouchère. La Frelasset n'était pas qualifiée : chacun son métier. Au Havre, où elle se rendait trois ou quatre fois l'an, visiter de la parenté, Noémi connaissait une cartomancienne patentée : Mme Adolphe, extraordinaire voyante aveugle. Mme Adolphe vous disait l'avenir dans le langage de tout le monde. « 1. 2. 3. 4. 5. Qu'est-ce que c'est que cette carte? » « Le roi de trèfle », répondait Noémi. (Il fallait bien prêter ses yeux à la voyante puisqu'elle était aveugle!) « Le roi de trèfle, répétait Mme Adolphe. C'est un homme brun. » Elle se remettait à sa comptabilité : « 1. 2. 3. 4. 5. Qu'est-ce que c'est? » « La dame de cœur », répondait Noémi. » « Ah ah! faisait Mme Adolphe. Une dame blonde! 1. 2. 3. 4. 5. Qu'est-ce que vous voyez? » « le huit de trèfle. » « De l'argent pour vous, assurait Mme Adolphe. Il vous viendra de l'homme brun, rapport à la dame blonde, ou je me trompe beaucoup! Cherchez dans vos relations, vous verrez sûrement qui c'est! » Noémi souriait. « Je crois que je vois qui c'est! » De fait, elle n'avait pas à chercher loin pour trouver l'homme brun! C'était ce paillard de Gratoulet, le percepteur! La dame blonde, c'était Mme Aimée Gentil, la pharmacienne. Des fois, Gratoulet, en passant la pièce à Noémi, la chargeait d'une commission pour Mme Aimée : « Demain, telle heure, tel endroit! » M. Paul Gentil, le mari, n'y voyait que du feu! Quel mal y avait-il?

En outre, à Yvetot, Noémi connaissait un sourd-muet. Il se tenait près du marché de la volaille. Noémi ne manquait jamais d'aller le voir, à chacun de ses passages. Ce sourd-muet offrait des enveloppes sur lesquelles il y avait marqué, au tampon gras :

Messieurs et Mesdames,
Je suis sourd-muet
Cette enveloppe contient
une « Lettre de Bonheur »
Prix libre, s'il vous plaît

« Choisissez-m'en une bonne! disait Noémi. » Elle tendait dix sous. Le sourd-muet était content. Noémi aussi. Parce que presque tout ce que disait la lettre de bonheur était vrai.

A part cela, Noémi était une sceptique finie. C'est pourquoi elle s'entêtait à baptiser de noms de mois, plutôt que de noms de constellations, les douze fenêtres de la maison de sa patronne.

« Madame, les gamins ont brisé ce matin le carreau du bas à gauche de la croisée de Juin! »

Il fallait que la veuve se livrât à des calculs! « Juin : sixième mois. La sixième constellation est celle de la Vierge. La fenêtre de la Vierge est dans la salle de Vénus. » Mme Delphine Angat traduisait : On a cassé un carreau dans ma chambre à coucher!

La fumée de la cigarette d'eucalyptus de Clémence avait rendu irrespirable l'atmosphère du salon jupitérien.

Lepicq se dirigea vers la salle d'Uranus avec une satisfaction mêlée de curiosité. A quels mystérieux trafics comptaient se livrer ces dames?

Si l'avocat avait été tant soit peu versé dans la connaissance astrologique, il n'aurait pas eu à se poser cette question. Uranus gouverne le fluide magnétique. Cette planète suscite et fortifie les vocations d'astrologues, de médiums. Pouvait-on imaginer lieu plus favorable pour faire tourner les tables?

De longs rideaux de tulle pendaient devant les deux fenêtres de la salle d'Uranus. (« La fenêtre de la Balance, et la fenêtre des Gémeaux, disait la veuve. » « La croisée de Juillet et la croisée de Mars », rectifiait Noémi.) Au centre de la pièce, la Table. Légère, ronde, à pied unique : une table excellente pour ce que ces dames voulaient en faire.

– Un instant, fit Clémence Maisondieu. Quelle heure est-il?

– 5 h 10.

– Seigneur ! J'allais oublier mes gouttes !

Elle courut à la cuisine, demanda à Noémi un fond de verre d'eau, y laissa tomber cinq gouttes d'un liquide incolore. C'était un remède contre l'hypertension.

Elle rentra dans la salle d'Uranus. Le moment était venu pour ces dames de se rendre invisibles.

Cette opération est réalisable par plusieurs procédés. Le meilleur – employé par toutes les dames de province que l'âge et le rhumatisme clouent dans un fauteuil – consiste à s'exposer bien en vue. On se poste près d'une fenêtre, et l'on n'en bouge plus. Peu à peu, le phénomène se produit. Il y faut beaucoup de patience. Condition *sine qua non* : une immobilité, un silence continuels. À force de frapper *à toute heure* la rétine de quiconque tourne les regards vers eux, ces profils de vieilles dames finissent par ne plus impressionner les rétines. *Toujours égale jamais*. Voir toujours au même endroit un visage équivaut à cesser de le voir, à perdre jusqu'à la capacité de perception de sa présence à cet endroit.

Tant il est vrai que les êtres ne se maintiennent à l'état visible que grâce à un triple stratagème : le mouvement, le bruit et, de temps à autre, l'absence...

Toutefois, dans la salle d'Uranus, ces dames utilisaient pour se rendre invisibles un procédé plus expéditif.

La veuve commençait par fermer les persiennes. Après cela, derrière les rideaux de tulle, elle tirait d'épais doubles-rideaux marron, et, derrière ces rideaux, des tentures, plus épaisses encore, de velours noir.

Dès lors quelle que fût, sur la Place, la puissance du rayonnement solaire, la pièce était plongée dans une obscurité satisfaisante. Avec une sûreté de mouvements et de gestes que leur conférait une longue habitude, ces dames prenaient place, dans un ordre immuable, autour de la table; les mains se plaquaient, les auriculaires se cherchaient, se rencontraient, se soudaient, pour établir le circuit fluidique.

– Concentrons-nous, recommanda d'une voix étouffée la veuve aux 146 kilos.

Lepicq se trouvait entre Zélie Beluge et Amandine Maisondieu. Son auriculaire gauche touchait l'auriculaire droit de Zélie. Penser que c'était à cause de cette sexagénaire aux allures de gamine qu'il se trouvait dans cette ridicule situation! Tout cela parce qu'il s'était promis de découvrir le secret des conversations à coups de nombres qu'échangeaient le grassouillet coutelier de la *Fine Lame* et la primesautière marchande de farces et attrapes du *Désir de Contenter!*

– Concentrons-nous! répéta la veuve.

L'auriculaire de Zélie était tiède, délicieusement. Lepicq le sentait souple, agité d'un doux tremblement : le tremblement même de la vie. L'auriculaire d'Amandine, au contraire, était glacé, rigide, mort. On percevait nettement le bruit des respirations; celle de la Vasseur était sifflante : un reste de bronchite...

– Je propose..., chuchota la Frelasset.

– Chut! coupa la veuve. Pensez à vos disparus.

Un long silence, un silence tendu, traversé de coups de fouet de toutes ces volontés. Et les Forces élémentales durent agir, car la table partit. Elle partit très sec, avec impétuosité.

« Cela va être une bonne séance, songea la veuve, ravie. »

On perçut – fâcheux dans cette atmosphère de religiosité – un bruit de mastication : Clémence Maisondieu croquait une dragée laxative. Mais ces craquements profanes ne compromirent pas l'élan de la table. Saturée d'électricité occulte, elle tournait rond, sans secousses. C'était magnifique!

Respectueusement, la veuve interrogea :

– Esprit, veux-tu que nous convenions que tu répondras par un coup pour oui et deux coups pour non?

L'esprit frappa un coup.

Il était d'accord.

Savoir qui c'était? Chacun avait appelé les siens.

– Est-ce toi? Ernest? Est-ce toi, mon pauvre Angat? demanda doucement la veuve.

Deux coups.

Ce n'était pas Ernest Angat.

– Est-ce toi, père? questionna Clémence Maisondieu.

Un coup.

C'était feu Marcellin Maisondieu. Les sœurs laissèrent échapper un soupir de triomphe. C'était *leur* mort qui était venu! Il eût d'ailleurs fait beau voir que Marcellin Maisondieu ne se rendît pas à l'appel conjugué de ses filles!

– Père, peux-tu nous faire savoir si...

– Pardon! coupa sèchement Amandine. Laisse-moi lui parler, veux-tu?

– Mais...

– Je suis l'aînée! Tu le questionneras ensuite!

Elle demanda :

– Père, connais-tu la béatitude, dans l'autre monde?

Ce fut déconcertant. L'esprit de Marcellin répondit d'abord par un coup, c'est-à-dire : oui; puis, avant que l'on n'ait pu poursuivre l'interrogatoire, il frappa de nouveau. Deux coups, cette fois. C'est-à-dire : non. Que conclure de cette réponse ambiguë? Le défunt connaissait-il la béatitude, oui ou non? Peut-être avait-il voulu signifier : *oui et non.* Rester évasif, réticent, en bon Normand qu'il avait été?

– Endures-tu des peines?

– Non!

– A mon tour! fit Clémence.

– Laisse-moi au moins lui...

– Il était mon père aussi bien que le tien! Tant que nous le tenons, je prétends...

Et, sans transition :

– Père, regrettes-tu l'existence terrestre?

– Non! dit nettement feu Marcellin.

– Connais-tu le sort de notre mère dans l'au-delà?

– Oui.

– Est-elle auprès de toi?

– Non.

– Souffres-tu de cette séparation?

Deux coups très appuyés : – Non!

– Père, peux-tu nous révéler si l'Enfer existe réellement?

– Oui.

– Veux-tu dire que l'Enfer existe réellement?

– Oui.

– Où se trouve-t-il? jeta naïvement Zélie Beluge. Puis, comprenant que feu Maisondieu ne pouvait répondre à une question ainsi posée, élle précisa :

– L'enfer est-il *en Bas?*

– Non.

– *En Haut*, alors?

– Non.

– Sur la terre? demanda Prosper Lepicq, d'une voix caverneuse qui donna la chair de poule à ces dames.

– Oui, déclara feu Marcellin Maisondieu.

– Père, reprit Clémence, dis-nous...

– Tu abuses! observa Amandine. A moi, maintenant, si tu permets!

(A chaque séance, elles se disputaient, s'arrachaient leurs fantômes de famille, qu'elles harcelaient, harassaient...)

– Peux-tu nous révéler notre avenir?

– Oui.

– Le veux-tu?

– Non.

– Je ne sais pourquoi, père, dit plaintivement Amandine, mais il me semble que tu n'es pas... (Elle n'osa dire : pas de bonne humeur... Elle dit :) pas heureux?

– Non, dit Marcellin.

– Ne te réjouis-tu pas de parler à tes enfants? riposta sévèrement Amandine.

Marcellin Maisondieu hésita. Au cours de sa vie terrestre, ses filles l'avaient tyrannisé avec une constance qui avait fait de ce doux de nature un esclave soumis à toutes leurs volontés. Et maintenant encore, elles se refusaient à le laisser en repos! Leur colère semblait l'effrayer! Pourtant, il trouva le courage de répondre, franchement, encore que faiblement :

– Non.

La veuve Angat s'interposa. Avec son tact ordinaire, elle tua dans l'œuf la querelle intestine :

– Peut-être, suggéra-t-elle, ce que l'on prétend est-il vrai – qu'évoquer les esprits, c'est les retenir, retarder leur accession à un état plus parfait?

– Oui! répondit Marcellin, avec fureur – si toutefois il était permis de juger de la force de ses sentiments d'après la vigueur avec laquelle les coups étaient frappés.

Après cela, la table retomba, comme morte.

– Eh bien, cela a marché admirablement! se réjouit la veuve, en écartant les tentures. C'est de loin notre meilleure séance!

– Ou...i! lâcha Amandine, appuyant à la ronde un regard soupçonneux. Mais, avez-vous remarqué? La table tournait *de gauche à droite* alors que, en principe, les tables tournent *de droite à gauche,* comme les astres, pour obéir à la loi cosmique...

– Bah! fit la Vasseur, l'exception confirme la règle!

Lepicq avait pris son air le plus ingénu, mais, en son for intérieur, il se disait :

– Allons, bon! J'ai gaffé!

Car on doit à la vérité de dire que l'avocat, s'aidant des pouces, du plat des paumes, de son genou droit et de la pointe de son soulier gauche, avait exercé sur la table légère des sollicitations qui avaient été, pour feu Maisondieu, une précieuse assistance!

Ces dames palabrèrent encore un peu, dans la salle de Jupiter.

Sur la Place, les fillettes jouaient à présent à la Balle au mur. On les entendait réciter : « *Sans bouger. Sans rire. D'une main. De l'autre. D'un pied. De l'autre. Devant. Derrière. Devant derrière. Derrière devant. Devant derrière devant. Derrière devant derrière. Tapette. Petit rouleau. Grand rouleau. Et la France!*

Brusquement, plus un son! Lepicq, étonné, s'approcha de la fenêtre et, du bout de l'index, écarta d'un centimètre le rideau. (Déjà, il avait attrapé le geste classique!)

– Tiens! dit-il. M. Jaufre.

– Il s'en revient de chez Gratoulet, avec ses huit cents francs!

« Ses » huit cents francs... Cela voulait dire : « nos » huit cents francs!

Avec cet argent, ce bel argent que l'on avait tant de mal à gagner, Jaufre allait vivre *grassement* tout un mois! Il allait payer des chopines à son ami le malfaisant muet Barnabé. Il allait offrir des « calvados » à Genêtou, le secrétaire de mairie, et à Doré le premier clerc de Me Figuier le notaire. Genêtou... Doré... Deux pères de famille sérieux dans le travail, mais des gourmands, des licheurs qui se laissaient conduire par leur bouche et que l'on eût menés au bout du monde avec un petit verre! S'ils avaient eu un sou d'amour-propre, auraient-ils accepté de s'asseoir, dans les estaminets mal fréquentés du haut-Criquebec, à la table de Jaufre, de trinquer avec ce vieux bandit?

L'ancien commis de l'Enregistrement se traînait sous la vive lumière. Sa jaquette jaunie lui donnait l'apparence d'un monstrueux hanneton. Il portait un panama brûlé par les soleils de dix étés. Son pantalon était si usagé qu'il n'avait plus de couleur. Ses chaussures avaient depuis belle lurette perdu leurs talons. Un joli citoyen!

C'était le passage de ce crapuleux vieillard qui avait rendu silencieuses les fillettes. Car on élevait les enfants dans le mépris et la haine de Jaufre, l'exploiteur de Criquebec; Jaufre qui, chaque mois, moralement parlant, s'introduisait pour ainsi dire chez vous, sous votre toit, coulait sa main dans votre poche, sortait votre porte-monnaie et y prenait ironiquement une jolie pièce de quarante sous – il y avait quatre cents âmes à Criquebec. A deux francs par tête, cela faisait le compte! – et puis il s'en allait, sans se presser, avec un sale petit rire qui signifiait : « Je repasserai dans un mois! N'ayez crainte : je n'oublierai pas! Et ça durera longtemps, longtemps... Oh, vous n'avez pas fini de les verser, vos deux francs tous les trente jours! J'ai la vie dure! Avant que l'on me porte en terre, il y en a pas mal, dans Criquebec, que l'on aura conduits au cimetière! Moi, ça m'est égal : les parents morts, les fils paieront! Pourvu que j'aie mes huit cents francs! »

Canaille!

Fréquemment, les regards d'Amandine Maisondieu se posaient sur les mains de Prosper Lepicq.

Inconsciemment, comme sous l'action d'un réflexe de défiance, l'avocat avait fermé les doigts. Ces poings serrés sur la ligne de vie, la ligne de fortune, la ligne hépatique, la ligne lascive, l'anneau de Vénus, et la grande plaine de la paume, et les monts; et les triangles, qui signifient : capacités, les ronds auréolés, qui veulent dire : réussite, les fourches, bon présage si elles sont ascendantes, et – dans le cas contraire – indice de revers, les croissants qui trahissent l'inconstance; les grilles, synonymes d'obstacles; les carrés, qui révèlent l'énergie, les points, fastes ou néfastes selon leur coloration et leur position, les croix, qui annoncent rarement du bon, et les étoiles, qui marquent d'inéluctables fatalités... Que la vieille corneille eût donc aimé de desserrer ces poings, d'y déchiffrer les hiéroglyphes du Destin, les secrets du cerveau et du cœur... Mais Lepicq, les doigts bien clos – comme un enfant jouant avec un autre enfant à : « Combien j'ai de billes dans ma main? » –, semblait dire : « Devine!... »

Encore quelques salamalecs, et les deux sœurs funèbres prirent congé, s'éloignèrent. A mi-voix, elles se chamaillaient, pour des questions domestiques. Du bout de leurs cannes, elles tapaient rudement le sol sec de la Place. Le nain Couril fit un crochet pour ne pas se trouver sur leur passage. Curieuses silhouettes, hautes, sombres, solennelles, distinguées comme des...

« Comme des cyprès! se dit Lepicq. »

Cette pensée ne lui donna pas même envie de sourire. Il en avait assez, décidément, de ce milieu de toquées, de cette atmosphère farce! Cela était par trop sot! Même l'énigme des messages chiffrés avait cessé de le préoccuper. Au diable! Il était en vacances! La route l'appelait, la route qui s'étirait, paresseusement, entre les prairies bienheureuses et les bois qui somnolaient dans la chaleur!

– Partir !...

Précisément, Angèle Frelasset prononçait le mot de voyage.

Dans la matinée, elle avait interrogé les épingles. Une ligne oblique coupant deux lignes ondulées l'avait mise en garde : « *Renoncez à un déplacement dangereux.* » Elle qui comptait se rendre au Havre dans le courant de la semaine qui venait...

Les sœurs Maisondieu avaient disparu. Amandine, au fond de la Place, s'était enfermée dans la grande demeure familiale des Maisondieu, dont elle avait la jouissance, au titre d'aînée.

Clémence, par la rue de l'Eglise, remontait vers sa maison, plus petite que celle de sa sœur. Cet immeuble avait été apporté en dot par Adrienne Maisondieu, née Séverin, lors de son mariage avec Marcellin Maisondieu.

– Vous devriez faire une bonne chose, Angèle, conseillait Zélie. Cueillez une feuille de chêne à la pleine lune. Vous vous fabriquez un petit scapulaire, vous y enfermez la feuille et vous la portez sur votre poitrine, à même la peau. Moi, je le fais. C'est une protection merveilleuse !

– Je le ferai sûrement, assura la bouchère avec gentillesse.

En elle-même, elle riait de cette recette de grimoire et pensait qu'en se faisant chez elle, ce soir, la réussite du Hasard Conscient, du Chien de Pique, ou de la Découverte, ce serait le diable si elle n'obtenait pas des précisions sur ce voyage à éviter. Et si les réussites ne « parlaient » pas, elle questionnerait les taches d'encre, le marc de café, le jaune d'œuf; elle irait jusqu'au plomb fondu, s'il le fallait ! Ce n'étaient pas les moyens d'information qui lui manquaient !

Fernande Vasseur était impatiente de savoir quel prénom l'Irma Plantin, de la rue du Plateau, avait l'intention de donner à son bébé. Dès qu'elle le connaîtrait, elle calculerait le Nombre individuel de cette petite fille et, d'après le Tableau des Correspondances numériques de la Main de Fathma, elle se ferait une idée de ses chances de succès dans la vie.

Elle aussi, la veuve Angat songeait au nouveau-né, dont elle avait hâte de dresser l'horoscope astrologique. (Sans parler de l'érection du ciel de nativité de Me Prosper Lepicq – un bien charmant et galant homme, et une nature d'élite, soit dit en passant !)

On se sépara.

Lepicq s'assit à la terrasse de la maison Pibole. Barnabé, à califourchon sur la borne, ronchonnait. Ce muet-là devait être né sous le signe zodiacal qui fait les orateurs ! Heureusement, Saturne, bien inspiré pour une fois, lui avait lié la langue !

Infatigable, le nain jetait l'une devant l'autre ses jambes emmanchées dans son gros ventre comme deux betteraves dans une citrouille.

« Demain matin, je décampe ! » se dit Lepicq.

Il dîna de bon appétit, puis fit une promenade digestive au cours de laquelle il évita soigneusement la Patte-d'Oie-du-Petit-Roi. Il ne tenait pas du tout à savoir si, ce soir comme les autres soirs, le nain épiait sous la fenêtre de Reine Coulemelle, ni si la postière se faisait belle en vue d'une expédition nocturne.

Il rentra, se dévêtit en deux temps et trois mouvements.

Zélie Beluge et Médéric Plainchant pouvaient se télégraphier des nombres autant qu'ils le voulaient : cela ne le tourmentait plus.

Il se jeta au lit.

Le temps de compter cent : il dormait !...

Il s'éveilla gaillard, et des fourmis aux jambes. Quelle bonne marche il allait faire dans le matin frais !

« Je vais rejoindre la Seine, passer sur la rive gauche, et je déjeunerai à Quillebeuf. Ce doit être gentil, Quillebeuf. Rien que d'après le nom, je me ferais une idée... »

Il vérifiait son bagage : mouchoirs, caleçons, chemises, tricots, chaussettes, les pantoufles, le slip, le pyjama, le Montaigne : parfait !

Il descendit. La mine de Mme Pibole s'allongea.

– Vous nous quittez déjà, monsieur l'avocat ?

– Hé oui ! Je vais au Havre. Servez-moi le petit déjeuner, et vous me donnerez ma note.

Sur ces entrefaites, Augustin Pibole entra, presque en courant. Il était violemment agité.

– Il s'en est passé une pas ordinaire !

– Quoi donc ?

– Le vieux Jaufre...

– Eh bien ?

– Il est mort !

– Enfin !... s'exclama Mme Pibole. Tu fais beaucoup de bruit pour rien, Augustin ! (Elle ajouta, acide :) Jaufre n'emportera pas lourd de regrets !

– Oui, mais attends ! Ça n'est pas le plus beau ! Savez-vous comment il est mort ?

– Mais parle, au lieu de nous faire tirer la langue, s'impatienta sa femme.

– On l'a assassiné !

Lepicq respira un grand coup, regarda quelques secondes dans le vide, puis tendit à Mme Pibole la serviette renfermant son bagage.

– Soyez assez aimable pour remonter cela dans ma chambre. Je ne pars plus.

6

LE CERCLE DE FAMILLE

En boule, sur la descente de lit...

C'était dans cette position que Barnabé, venu, ce matin-là comme chaque jour, vers sept heures, voir si le vieux avait à lui confier quelques menus travaux, avait découvert le cadavre. Terrifié, il s'était précipité sur la Place, frappant aux portes, alertant le monde, tâchant à se faire comprendre par le geste, puisque c'était impossible par la parole. Il se frappait la nuque, grognait : « Offe... Ou ou-o! Offe... Ou ou-o!... » Un plus malin que les autres avait fini par comprendre.

Jaufre avait reçu un coup de couteau dans la nuque.

Il était couché sur le flanc gauche, le nez dans le gilet, les doigts crispés sur le ventre. Le col du veston était tout sanglant. Il y avait une large tache brune, gluante, sur la carpette.

A Criquebec, chacun se levait tôt, l'été. Déjà, toutes les vieilles dames étaient à leur poste derrière leur croisée. La veuve Angat, cette génisse, la Vasseur, cette belette, Amandine Maisondieu, cette corneille... *A la Fine Lame*, Plainchant passait son ongle sur des couteaux. Au *Désir de Contenter*, Zélie Beluge époussetait des frivolités, des amusettes. Le nain Couril arpentait la Place. Toute la population en bon ordre... Là-dessus, comme une bombe, cette nouvelle qui jette la fièvre, change la ville en une fourmilière folle!

– La lame a passé à quelques millimètres de la colonne vertébrale, déclara le docteur Pouacre.

– Mort instantanée? questionna le maire.

– Pas nécessairement. L'agonie a pu demander cinq à dix minutes.

A juger d'après la rigidité cadavérique, le crime remontait à une douzaine d'heures. Cela revenait à dire entre 6 et 8 heures du soir, la veille. Le diagnostic concordait avec ce que l'on savait des habitudes du défunt. Jaufre ne se mettait jamais au lit plus tard que huit heures. D'autre part, un coup d'œil à la cuisine révéla que le vieux n'avait pas encore dîné : sur une assiette, un morceau de bouilli, et, sur la toile cirée, un radis noir, une miche non entamée. Enfin, ce matin, Barnabé avait trouvé la porte d'entrée fermée seulement au loquet.

– On a dû lui faire son affaire très peu de temps après qu'il a été de retour de chez Gratoulet.

Le crime était aisé à reconstituer.

Le meurtrier s'introduit chez Jaufre, sans doute par les derrières de l'immeuble : il y avait là une courette donnant sur la rue du Marché-Couvert. L'assassin monte au premier, passe dans la chambre à coucher, se cache entre le mur et le lit, derrière des rideaux de reps qui tombent du baldaquin jusqu'à terre. Jaufre pénètre à son tour dans cette chambre : il veut troquer son chapeau de paille contre une calotte, sa redingote contre un veston, ses chaussures contre des pantoufles.

Il s'assied sur le lit (une marque en creux l'indiquait). Il se plie pour délacer un soulier. Il présente sa nuque, grasse, blanchâtre, molle. Le meurtrier écarte les rideaux, étend le bras : il peut viser à loisir, frapper à coup sûr.

L'arme – un long couteau de cuisine – était demeurée dans la plaie. A la base de la lame, on pouvait voir le cartouche du fabricant : « M. Plainchant ».

Jaufre étant mort, et bien mort, le docteur jugea inutile de retourner le corps. Laisser les choses en l'état... Lecorbin avait appelé Yvetot par téléphone. Le Parquet serait ici avant la fin de la matinée.

– Messieurs, s'il vous plaît, ne touchez à rien!

On n'en avait nulle envie! On a si tôt fait d'effacer une empreinte, de détruire un indice, sans s'en douter! Ils respectaient l'écartement de telle porte que l'on avait trouvée entrebâillée, la situation de telle chaise placée de biais : tout peut avoir son importance. Ils circulaient comme entre des œufs. D'autre part, c'était si sale, si répugnant, chez Jaufre! Ce n'était pas engageant!

La maison comportait quatre pièces principales. Au rez-de-chaussée, une salle à manger et un bureau, si l'on ose donner ce nom à une pièce meublée d'une chaise et d'une table bancales, d'un meuble fourre-tout rongé des bestioles, gonflé par l'humidité. La chaise, la table, le meuble étaient surchargés de bouquins crasseux, de paperasses cornées. Au premier, chambre à coucher et bibliothèque. « Bibliothèque » : façon de s'exprimer. Des rayonnages fabriqués par Barnabé, avec de vieilles caisses. Des livres de géographie, d'histoire, de science, plus dépenaillés les uns que les autres.

Un grenier étroit. La cuisine communiquait avec la cave par une trappe d'où sortait une échelle. Dans la cour, un hangar faisant bûcher.

Outre le maire et le docteur, cinq personnes se tenaient dans la maison : Me Figuier le notaire, Doré son premier clerc, Genêtou le secrétaire de mairie, le garde champêtre Aubin, et Prosper Lepicq auquel sa carte avait servi d'introduction auprès du maire. A l'exception de l'avocat, tous faisaient une mine apitoyée, mais c'était théâtral, cela sentait le faux : ils jouaient une comédie.

Au seuil se pressait une foule sans cesse accrue. Tout le peuple de Criquebec s'amassait sur la Place, comme le sang reflue vers le cœur, aux instants de vive émotion. Le sentiment dominant était la stupeur. Que la petite ville ait pu être le théâtre d'un assassinat, ce n'était point tellement cela! Mais que la victime fût le vieux Jaufre! Le meurtrier devait être un fameux original! Et, même, ce n'était pas le côté absurde de ce forfait qui effarait les gens. *C'était que Jaufre fût mort.* Etait-ce croyable? Ainsi, il n'existait plus! C'en était fini! On ne le verrait plus, tous les trente jours, se glisser hors de sa maison noire, comme un cloporte, et ramper vers la perception? L'histoire des 800 francs mensuels, de quarante sous par tête d'habitant, c'était du passé?... On avait du mal à s'y faire! Un peu comme si, à force de souhaiter le trépas de ce vieillard qui narguait la tombe, on en était venu à le tenir pour immortel!

Un autre sentiment se mêlait à la stupeur. La honte... Peut-être le mot est-il excessif. Un embarras, une gêne dont on ne se rendait compte que confusément. Jaufre fût-il décédé dans son lit, de maladie, ou sur la Place, d'accident, on aurait trouvé cela très bien, on aurait fait : « Ouf! Bon débarras! » Mais de cette façon!... Assassiné! Et quel vilain crime! Une lame de couteau enfoncée dans son cou gras! On l'avait saigné tel qu'un goret. Tous ces gens qui, des années durant, avaient souhaité, obstinément, assidûment, la mort de Jaufre l'exploiteur, éprouvaient une rancune contre le meurtrier, à cause de cette allure qu'il prenait de s'être improvisé le vengeur de Criquebec, le serviteur de la haine d'une population, l'exécuteur, le justicier ! Nul n'avait chargé qui que ce fût de régler son compte à Jaufre. Pourtant, ils se sentaient obscurément solidaires du geste.

Genêtou et Doré portaient chacun une serviette de cuir. Celle de Doré était noire, celle de Genêtou, fauve. D'une quarantaine d'années l'un et l'autre, les deux hommes avaient même physique : belle prestance, un commencement de bedaine, une trogne rougeaude, des mirettes allumées, une haleine forte (ils avaient du penchant pour le café-calva et le cidre bouché !). Une épaisse moustache noire avantageait Genêtou. Ils avaient l'air plutôt niais dans cette atmosphère de sang. Ils suivaient ces messieurs. Le docteur Pouacre, pas doctoral pour un sou, un homme trop blanc, de sang endormi, pas nerveux. Il avait enfilé à la hâte son pantalon de ville et un douillet veston d'intérieur; les deux premiers boutons de sa chemise de nuit n'étaient pas boutonnés: on voyait trois méchants poils blonds se battre en duel sur le thorax. Au contraire, Me Figuier était un vrai velu ! Son système pileux débordait de partout, coulait en cataracte sur la nuque, jaillissait furieusement des oreilles; la barbe mangeait les yeux; les sourcils, réunis en une barre, mangeaient le front, retombaient en râteau sur les paupières, de longs poils se tordaient sur les poignets et les doigts. L'homme de loi, la première surprise passée, avait adopté l'attitude convenant à sa profession; réservé, attentif, la parole brève, le coup d'œil incisif, le visage fermé. Lecorbin était plus encombrant ! En sa qualité de maire, il représentait non seulement la Loi, la Force, l'Autorité, l'Ordre, mais encore la Justice – jusqu'à ce que de plus qualifiés vinssent le décharger de ce dernier souci. Tout en bras et en jambes, cet immense gaillard s'efforçait déjà de construire des hypothèses, bâtissait des théories, faisait à lui seul les demandes et les réponses, lâchait, de sa voix de cuivre, toutes les deux minutes : « Selon moi... D'après moi... Moi, je... M'est avis... » Grand dommage que ses concitoyens n'aient pas consenti à porter à la députation cette trompette vivante ! Ces Messieurs du Palais-Bourbon en auraient entendu de cruelles !

Lepicq éprouvait une impression curieuse. Une méfiance – nullement raisonnée, d'ailleurs. Un état d'alerte purement instinctif. Le côté le plus subtil de sa nature de guetteur l'avertissait : « Attention ! Ouvre l'œil ! Il se prépare quelque chose... » Mais quoi ? Qui convenait-il de surveiller particulièrement ? Le maire braillard, le docteur mollasson, le notaire glacé, ou le secrétaire et le clerc à cause de leur air plus niais que nature – ou, enfin, le garde champêtre Aubin planté sur le seuil, face au peuple de Criquebec ?

Lepicq ne comprit qu'assez tard, alors qu'il n'y avait plus personne dans la maison du mort. Ces Messieurs s'étaient séparés. Genêtou et Doré, ensemble, remontaient la rue de l'Eglise. Devant la porte de Jaufre, le garde champêtre, en sentinelle... Par petits paquets, les gens discutaient. Le nain Couril, solitaire et taciturne comme à l'ordinaire, déambulait entre les groupes. Chez Pibole, Barnabé, attablé devant une bolée de cidre, était très entouré et refaisait sans fin sa mimique : « Offe... Ou Ou-o... »

Lepicq s'élança dans la rue de l'Eglise. Il marchait très rapidement. Passé le premier coude, il revit le clerc et le secrétaire de mairie. Il se rapprocha. Les deux hommes discutaient, comme tout le monde, mais avec discrétion. Lepicq fut enfin sur leurs talons. A cet instant, Genêtou se retourna. Plus question d'espionner ! Lepicq offrit une consommation, dans un débit du Moyen Criquebec. Avant qu'ils n'eussent commandé, le patron plaça sur la table trois minuscules tasses de café, et une « demoiselle » de calvados.

Genêtou et Doré avaient perdu cet air niais qui avait si fort frappé Lepicq. Ils étaient plutôt gais. Un peu trop gais, peut-être. « Soulagés... Délivrés... » se disait l'avocat. Ses soupçons s'affirmaient. Il s'était produit dieu savait quoi dans la bicoque de Jaufre...

Les serviettes, parbleu ! La serviette noire et la serviette fauve ! Le coup classique : on pose la serviette sur l'objet convoité, et... passez muscade ! Doré et Genêtou avaient subtilisé quelque chose chez le vieux. D'ailleurs, le seul fait d'être sortis de chez eux, *à 7 heures du matin, avec leurs serviettes* suffisait à prouver...

– Drôle d'histoire ! fit Genêtou.

Ils connaissaient la profession de l'avocat, mais son nom ne leur disait rien. Lepicq se présenta avec précision, cita certaines affaires criminelles marquantes dont il avait découvert la solution avant la police. L'enlèvement du prêtre Bertrant. Les visions de miss Dorothée F. Bridge. Et l'affaire du Fantôme Parleur, qui avait fait rire la France entière.

– Attendez donc ! s'exclama Doré. Ce n'est pas vous qui avez débrouillé le crime du Jardin des Plantes ?

– C'est moi.

– Aussi, je me disais... Tu te rappelles, Genêtou ? L'étrangleur ! Le « Monstre » !

– Fichtre ! Si je me rappelle ! Comme ça, Maître, ce serait vous, le fameux...

– Hé, oui ! C'est moi, le fameux... comme vous dites !

Ils avaient repris leur air niais. Ils suçaient leurs calvados, lentement, hochaient le crâne, faisaient les émerveillés, mais Lepicq devinait une nervosité, un malaise. Les serviettes étaient posées à sa gauche, sur une table libre. Le débit était sombre. Point d'autres clients, pour l'heure, que les trois hommes.

– Vous comptez vous occuper de cette affaire, maître Lepicq ?

– Certainement non ! Je suis en vacances.

Mais le ton signifiait : « Certainement oui ! Que croyez-vous que je sois en train de faire, en ce moment ? »

– Vous connaissiez bien Jaufre ? demanda-t-il.

– Comme ci comme ça...

(Naturellement ! On était en Normandie. Pour arracher un oui ou un non bien nets, il fallait la croix et la bannière !)

Lepicq se rappelait des phrases entendues la veille dans le salon de la veuve Angat : « Doré Genêtou, des pères de famille sérieux dans le travail. Mais des gourmands, des licheurs qui se laissent conduire par leur bouche... »

– On trinquait. Dans le fond, Jaufre n'était pas si mauvais qu'on le faisait.

– A quoi s'occupait-il ?

– A rien ! Il se laissait vivre.

– Vous n'imaginez pas pour quelle raison...

– On l'a tué ? Ma foi, non ! On ne lui savait pas d'ennemis.

Cela était exact. Jaufre était l'objet de quatre cents haines tenaces; la détestation générale tissait autour de lui, depuis dix ans, une toile d'araignée de malignité. Mais il n'avait pas ce que l'on appelle un ennemi.

– Pas un liard d'économies...

– Minute ! lança Genêtou. Il sortait de chez Gratoulet, avec huit cents francs. Il y en a pour qui c'est une somme, huit cents francs !

Les serviettes... Ces deux serviettes gonflées... Lepicq ne pouvait tout de même pas ordonner, brutalement : « Ouvrez-moi ça! Montrez-moi ce qu'il y a là-dedans! » Il prit un ton badin :

– Vous commencez le travail de bonne heure!

– Peuh! fit Doré. Du classement...

Il tripota le cuir, qui crissait.

– Tant que j'y pense, il faut que je vérifie si je n'ai pas oublié... Vous m'excusez?

Et il l'ouvrit, la serviette! Il en tira une liasse de documents appartenant à l'étude de Me Figuier. C'étaient des actes divers, de très anciennes pièces. Tout cela, exécuté, entériné, réglé, caduc, enterré... Des archives.

Et voilà que Genêtou, à son tour, ouvrait sa serviette, en faisait couler des paperasses qu'il feuilletait en bougonnant contre Lecorbin qui éprouvait de temps à autre le besoin de lui faire effectuer des recherches dans le fatras des actes d'état civil, des pièces du cadastre, des procès-verbaux, au sujet d'arrêtés ou de règlements tombés en désuétude. Toujours à cause de ses ambitions électorales! Lecorbin tenait à se donner l'air d'un maire actif!

La malice était cousue de fil blanc! Ils avaient flairé la méfiance de Lepicq, et sa curiosité à l'endroit des serviettes. « Très bien! s'étaient dit les finauds! On va déballer les serviettes... *puisqu'elles ne contiennent rien d'intéressant!* » Ils avaient procédé à cette opération avec un empressement qui les trahissait. Lepicq était certain, à présent, qu'ils avaient fait disparaître quelque chose, chez Jaufre. C'était dans leurs poches qu'il eût fallu chercher.

Il n'insista pas. Aussi bien, n'avait-il pas perdu son temps. Il s'était introduit dans ce qu'il appelait « le cercle de famille ».

L'objectif qu'il visait en s'occupant d'enquêtes criminelles, il l'avait lui-même, à maintes reprises, défini ainsi :

« Je cherche à découvrir des assassins afin de... leur proposer mes services comme avocat! Ma méthode? Bien simple! Supposons que j'aie des raisons de penser que l'assassin fait partie du " cercle de famille " – autrement dit, qu'il soit un des familiers du milieu où s'est commis le crime. J'ignore qui il est, mais l'essentiel est qu'il connaisse mon existence. Il me voit à l'œuvre. Nous avons l'occasion d'échanger des propos sur la pluie et le beau temps; il m'offre une cigarette, je lui donne du feu; il peut arriver que nous nous rencontrions à la même table : cela crée une manière d'intimité! Lorsque mes investigations m'auront démontré la culpabilité de mon homme, quoi de plus naturel que de lui dire, à peu près :
– Mon bon ami, je sais tout! Oh, je n'ai pas l'intention de vous livrer! Je ne fais pas ce métier-là : je suis avocat. Mais on doit prévoir le pire! La police est bien capable de vous pincer. En ce cas, n'êtes-vous pas d'accord avec moi pour admettre que je suis l'homme de France le mieux désigné pour vous défendre devant un jury? J'ai su vous découvrir; c'est une garantie que je saurai vous sauver! ...En somme, achevait plaisamment Lepicq, je suis un démarcheur en crimes. »

Eh bien, à Criquebec, le « cercle de famille » commençait à se délimiter. Et Lepicq y était entré. Avec Doré et Genêtou, l'affaire était correctement engagée. Il s'était assis à la même table, ils avaient choqué leurs verres. Puisqu'ils avaient un faible pour les café-calva, l'avocat se promettait de leur en offrir autant qu'il serait nécessaire!

Soudain, il lui vint un soupçon : *S'il s'était trompé? Si Doré et Genêtou, au lieu de s'emparer, chez Jaufre, d'un objet ou d'un document compromettant, y avaient au contraire apporté un objet, un document destiné à aiguiller l'enquête sur une fausse piste?*

7

LA CARTE POSTALE

Ces Messieurs du Parquet firent tout de suite deux découvertes. Dans le portefeuille de Jaufre, point d'argent. Ni dans l'armoire de la chambre, ni où que ce fût, où serrer de l'argent était possible, on ne trouva trace des huit billets de cent francs remis la veille au vieillard par le percepteur.

Fortes présomptions, donc, pour que le vol ait été le mobile. Ainsi que l'avait dit Genêtou : « Il y en a pour qui c'est une somme, huit cents francs! »

Deuxième découverte : Lorsque le médecin légiste retourna le cadavre, il trouva sur la carpette un crayon, et une carte postale représentant la Place de Criquebec, avec la borne centrale. Sur la partie réservée à la correspondance, des chiffres étaient alignés, en vue, semblait-il, d'additions qui n'avaient pas été effectuées :

13 17 12
11 17 13

Le juge estima qu'il n'y avait pas lieu de s'attarder à cette découverte : le vieillard venait de toucher de l'argent, il s'occupait à quelque sorte de comptabilité lorsque le meurtrier l'avait frappé.

Contrairement à tous les espoirs, les premières investigations de l'inspecteur, un nommé Farjoux, détaché de Rouen pour la circonstance, n'amenèrent la découverte d'aucun indice, d'aucune empreinte. L'assassin était homme de précaution. Il avait manié le couteau avec des gants, ou s'était enveloppé les doigts de chiffons.

Le docteur, le juge et le greffier montèrent se rafraîchir chez Lecorbin, tandis que le policier enquêtait.

Il était étonnamment agité, semblait sur des charbons : son premier soin fut de courir au café Pibole et de demander la communication téléphonique avec Rouen. Il lança, d'une voix tremblante :

– Alors? Il y a du neuf?

Il raccrocha avec une expression soulagée, et expliqua à Pibole :

– J'ai ma femme qui attend un bébé! Vous vous rendez compte si je m'amuse ici!

L'interrogatoire du muet fut malaisé. Il entendait fort bien les questions, mais impossible de saisir le sens des sons rauques qui sortaient de sa gorge! Si encore il avait su écrire!... Aubin, qui avait de la patience, assuma le rôle d'interprète et l'on sut ainsi que le couteau n'avait jamais appartenu à la victime. Il avait donc été apporté par le meurtrier. Malheureusement, des couteaux de ce modèle, fort courant, Médéric Plainchant déclara en avoir vendu des quantités. Par ailleurs, le muet jura qu'il avait quitté Jaufre, la veille, vers 6 heures, après son travail, et ne l'avait pas revu de la soirée.

– 13 + 17 + 12 = 42. 11 + 17 + 13 = 41. 42 multiplié par 41 donne 1.722. Je fais sauter 1.000. Voyons 722...

Dans le salon jupitérien de la veuve Angat, la Vasseur combinait les chiffres relevés sur la carte postale, et se reportait à la Table des Correspondances numériques de la Main de Fathma, pour obtenir leur signification ésotérique.

– 700 veut dire : *Force, vigueur, santé.*

Hum!... Ça ne correspondait guère!

22 était plus intéressant. *Invention, prudence, mystère.*

La Vasseur reprenait ses calculs :

– 13 ôté de 17, reste 4. 11 ôté de 12, reste 1. 13 ôté de 17, reste 4. 4 plus 4 égale 8, et 1 : 9. 9 veut dire : *Douleurs, peines, attentat.* Je sais bien que ça ne prouve rien, mais c'est bizarre, vous ne trouvez pas?

Infatigable, elle essayait une nouvelle combinaison :

– Il y a deux fois 13. J'admets qu'ils s'annulent. Deux fois 17. Je supprime aussi. Reste : 11 et 12. Au total : 23.

« 23, disait la Table des Correspondances numériques, signifie *Calamité, Vengeance.* »

– Eh bien, mais..., reprenait la Vasseur. Vengeance... C'est peut-être par vengeance que l'on a tué le pauvre Jaufre!

Le *pauvre* Jaufre...

Déjà, on commençait à parler de lui avec apitoiement, avec douceur. Il ne valait pas cher, de son vivant, mais cette mort horrible!...

Lepicq feignait de suivre avec intérêt les additions et soustractions, les multiplications et divisions de la Vasseur. Il aurait pu, et sans doute il aurait dû courir la ville, comme faisait l'inspecteur, questionner, s'efforcer de délier les langues. Il aimait mieux être ici, avec ces vieilles folles! Il sentait que, ce faisant, il était davantage dans sa ligne, serrait de plus près sa méthode. « Le Cercle de Famille... » Il songeait aux messages en chiffres que s'adressaient, très tôt le matin, très tard le soir, Zélie Beluge et Médéric Plainchant.

– Cette nuit, conta Clémence Maisondieu, je me suis vue au milieu d'une plaine rocailleuse. Le temps était à l'orage, je n'avais pas mon parapluie, je me disais : « Tu vas te saucer! » Et allez donc imaginer ça : il fallait que je traverse cette étendue à cloche-pied!

– C'est inouï, dit la veuve, ce que notre cerveau peut inventer quand on n'est plus là pour le tenir en main!

– Sauter à cloche-pied me fatiguait beaucoup. Je faisais dix sauts, je changeais de pied, je faisais encore dix sauts, et je m'arrêtais. Eh bien, ma bonne Angat, à chaque pause, je voyais un serpent me partir d'entre les pieds et s'envoler! D'après la Clef d'Or des Egyptiens, rêver de serpents, c'est mauvais signe.

Elle jeta un regard à la pendulette auréolée de l'anneau zodiacal : 4 heures. C'était l'heure de ses granulés. Elle sortit un flacon, demanda à Noémi un fond de verre d'eau.

– Moi, dit Zélie, j'ai rêvé que mon lacet de soulier se dénouait, et puis que je laissais tomber un œuf.

– Œuf cassé, expliqua Clémence : malheur. Lacet qui se dénoue : nouvelle intéressante.

– Bon, fit Zélie. La mort de Jaufre! J'en ai eu le pressentiment! Voilà mon songe effacé!

Au sujet du crime, Angèle Frelasset, dans la matinée, avait interrogé le marc de café et les taches d'encre. Les deux s'étaient mis d'accord pour désigner l'assassin.

– Qui ça?

La bouchère hésitait à répondre.

– Couril, dit-elle enfin.

– Ma foi, fit la veuve, je le croirais assez méchant pour faire un mauvais coup; mais pourquoi aurait-il tué Jaufre? Toujours pas pour les 800 francs!

Couril avait du bien. Il jouissait au bas mot de 1.500 francs de revenu par mois. Sans compter des redevances en nature, que lui faisait porter son fermier.

Zélie Beluge aussi avait sa méthode de divination. Une méthode puérile, comme ses recettes. Cela consistait à inscrire sur des morceaux de papier les noms des personnes susceptibles d'être soupçonnées et de jeter ces papiers dans un récipient plein d'eau, en prononçant une formule magique : « *Aragoni Labilasse Eptalicon Parandamo Lamboured.* » Le premier papier qui flottait était le bon. Ce procédé lui avait indiqué Barnabé comme le meurtrier.

– Le muet aurait pu se laisser tenter par les 800 francs, acquiesça Clémence.

Amandine Maisondieu demeurait silencieuse. Elle n'avait, pour deviner l'avenir, qu'un procédé : la lecture des lignes de la main.

– Ah, dit Zélie, si la police savait comment se procurer du *Quirim!...*

– Le Quirim? qu'est-ce que c'est?

– Une pierre merveilleuse. Vous l'appuyez sur la tempe d'une personne. Même si ça va contre son intérêt, elle est forcée de dire la vérité!

La chaleur était accablante. Chacun se calfeutrait. Certains allaient jusqu'à s'installer dans leur cave pour y goûter les délices d'une fraîcheur d'ailleurs toute relative. Farjoux frappait aux portes : il ne voyait que gens en débraillé. On l'invitait à venir s'asseoir, dans les salles à manger aux volets clos, devant du cidre glacé. Des plafonds, pendaient des rubans de papier gommé noirs de cadavres de mouches. Farjoux songeait à sa femme qui, à Rouen... Il se disait :

« Pourvu qu'ils aient bien noté le numéro de téléphone du café Pibole, pour m'appeler s'il arrive quelque chose! »

Il eût donné gros pour se trouver au chevet de son épouse, au lieu d'être ici, à enquêter sur... Bon dieu de Jaufre, va! Cette pensée le ramenait à l'affaire.

Mais les gens ne savaient rien.

« Non, on n'avait vu personne parler au père Jaufre, hier soir. Non, on n'avait vu personne entrer chez lui ou en sortir. Où se trouvaient Untel et Untel, et Unetelle? On n'avait pas remarqué! »

Toujours cette fameuse histoire d'invisibilité. On ne présentait pas la chose sous ce jour, on n'employait pas ce mot – mais cela revenait au même.

« Untel devait se trouver sur le pas de sa porte... Unetelle devait se trouver derrière sa croisée... » *Ils devaient. Ils y étaient toujours!* On le savait. On ne faisait plus attention.

– Et Couril?

– Sur la Place. En principe, il y est *toujours.*

– Quel individu est-ce?

Les gens devenaient réticents. On n'aimait pas Couril. On n'était pas sans avoir remarqué qu'à la nuit il rôdaillait, avec un air de guetter... Il faisait des stations, ici et là. Dans les parages de la Patte-d'Oie-du-Petit-Roi, par exemple. Il y prenait racine! Ce qui ne l'empêchait pas de filer en vitesse quand quelqu'un approchait. Peut-être bien qu'il se passait des choses... Peut-être que non... En tout cas, c'était sans rapport avec le crime, sûrement. On le disait pour parler.

– Bien sûr!... Et Barnabé?

– Un malfaisant.

– Mais encore?

– Un miséreux, qui en veut à l'humanité, parce qu'il est infirme! On ne l'aime pas beaucoup non plus, celui-là!

– Il chaparde?

– Possible que oui... Possible que non... Moi, n'est-ce pas, je n'ai jamais rien vu. Je barricade ma volaille, je ferme mon armoire, je verrouille ma porte : je dors sur mes deux oreilles!

– Bien sûr!

– Mais il y en a qui se plaignent...

– D'avoir été volés?

– Oui et non! Ça ou autre chose. Enfin – qui se plaignent!

– Qui?

– Ah, dame!... Il y en a qui se plaignent tout le temps, vous savez ce que c'est!

Impossible d'obtenir une précision. Partout la même chanson : « Pour dire qu'il n'y a pas de pommes, il y a des pommes! Mais, pour dire qu'il y a des pommes... » D'autant plus que Farjoux était du Nord. Il ne savait pas prendre ces Normands.

« Et ma femme, pendant ce temps-là... se disait-il. Nom d'un chien! Ah, il a bien choisi son moment pour se faire assassiner, ce vieux crabe! »

Il questionnait :

– Jaufre?

Sourire.

– On ne l'aimait guère non plus!

(Ah ça! Ils n'aimaient donc personne, dans ce pays?)

– Pour dire que c'était le méchant homme, ce n'était pas le méchant homme. L'Asile de Vieillards de Criquebec, sur le Plateau. Vous avez dû en entendre parler? Eh bien, les bâtiments viennent de Jaufre. Il les a cédés à la ville. Il s'entendait en affaires!

Sur la Place, pas une fillette. La pensée du vieillard mort, avec cette affreuse blessure au cou, les terrifiait.

En revanche, il y avait quantité de gamins, excités par la présence de l'inspecteur. Ils disaient : « Le Détective. » Et, bien entendu, ils jouaient au détective et aux bandits. Toutes les cinq minutes, l'un ou l'autre lançait d'une voix stridente :

– Haut les mains! Haut les mains, ou je tire!

Ce qui avait le don de faire sursauter le garde champêtre qui, sur le seuil de la maison noirâtre de Jaufre, montait la garde, assis sur une chaise, et somnolait.

D'autres gamins faisaient fonctionner, sur la borne centrale, des pères-la-colique achetés au *Désir de Contenter*. D'autres faisaient partir des amorces, mettaient le feu à des pétards achetés également chez Mlle Beluge.

– Haut les mains! Haut les mains!

Aubin se dressait à demi :

– Passez un peu à portée, chenapans, que je vous casse les reins! Fendrai le museau, moi! Fendrai le museau...

Chez la veuve Angat, le thé fumait dans les tasses. Ces dames étaient nerveuses. La pensée du crime les occupait toutes. Les signes de fatigue, sur le visage de Clémence, s'accusaient avec plus de rapidité que les autres jours, et la face terreuse d'Amandine s'éclaircissait moins vite. On n'entendait pas ces rires en fusée qui échappaient d'ordinaire à Zélie. La Vasseur, la Frelasset étaient aussi très troublées. Seule, la veuve restait dans son assiette.

– Que pensez-vous de ce drame, maître Lepicq?

– Mon dieu, madame, il serait prématuré... Je

crois pourtant comprendre que Farjoux incline vers l'hypothèse du crime crapuleux. Les huit cents francs qui ont disparu...

– Mais – selon vous ?

– Comment pourrais-je avoir une opinion ? Il se peut que le vol ait été le mobile. D'un autre côté, la vengeance...

Lepicq devenait normand !

– Le passé de Jaufre est assez mal connu. Quelles fréquentations avait-il au Havre ? Vous me direz, il est vrai, qu'après dix années...

– Un peu de lait, maître Lepicq ?

– Un nuage, volontiers.

– Un petit four ?

L'une ou l'autre de ces dames, parfois, tournait un regard furtif vers la porte de la salle d'Uranus. Toutes y songeaient. Mais... Faire tourner la table aujourd'hui, ce n'était pas possible ! Jaufre occupait le centre des préoccupations, ce mort était vraiment par trop frais ! Il y eût eu sacrilège à solliciter, déjà, une âme qui, peut-être, n'avait pas encore eu le courage de se détacher définitivement de cette chair qu'elle avait animée si longtemps. Dans l'obscurité et le silence de la poussiéreuse chambre à coucher, peut-être l'âme de Jaufre, solitaire, veillait-elle le cadavre de Jaufre ? Car il n'y avait personne au chevet du défunt. Pas un parent, pas un ami, pas une figure compatissante. On l'avait laissé tout seul, ainsi que de son vivant. Avait-on seulement songé à allumer deux cierges, à mettre dans une soucoupe un peu d'eau bénite, un brin de buis ? C'était un chrétien, Jaufre, après tout !

– Seigneur, cria soudain Clémence Maisondieu, très pâle. On a versé quelque chose dans mon thé !

– Mais non, voyons, ma bonne Clémence !

– J'en suis sûre ! Il a un goût bizarre.

– Enfin, c'est le même que celui que nous buvons !

– Je vous dis que l'on a mis quelque chose dans mon thé. D'abord, il est plus foncé, c'est visible. Ah, mon rêve me l'annonçait ! On cherche à m'empoisonner.

– Tu es folle ! grogna Amandine.

Clémence s'était dressée, les yeux égarés.

– Cela me brûle ! La tête me tourne. Je n'y vois plus clair !

En effet, son visage était en sueur, ses jambes mollissaient.

– Quand tu auras fini tes simagrées ! lança hargneusement Amandine.

Ces dames s'empressaient, entouraient, soutenaient Clémence, mais ne se tourmentaient pas outre mesure. Clémence Maisondieu voyait partout des microbes, du poison. Cette idée fixe : la maladie ! Elle finissait par ressentir les symptômes qu'elle imaginait.

– Voyons, ma bonne Clémence, qui voulez-vous qui ait... Ce sera votre foie !

Les poings sur les hanches, Noémi considérait avec mépris la vieille fille.

– Asseyez-vous, faisait la veuve. Là... Là... Vous vous sentez déjà mieux, j'en suis sûre ! Maintenant, regardez ! J'en bois, de votre thé ! Eh bien, il a le goût de celui de tout le monde !

– Je l'ai trouvé amer, dit Clémence, qui se calmait. Je n'aurai mis qu'un sucre, par inattention !

Un pauvre sourire naissait sur ses lèvres.

– Cette nuit, j'ai rêvé de la fin du monde.

– C'est tous les jours la fin du monde pour quelqu'un, jeta Amandine en haussant les épaules. Quand on a une ligne de vie comme tu as la chance d'en avoir une...

– Et non seulement ça ! insistait la veuve. Je me

rappelle fort bien avoir tracé votre portrait psycho-prédictif. Le Soleil en Maison I (la Maison de la Santé) et Jupiter à la porte... Vous avez vos petits soucis, mais au fond, vous êtes solide comme un pont !

Clémence souriait tout de bon. Ses douleurs d'estomac s'atténuaient, se dissipaient.

– Vous devez me trouver bien folle !

Lepicq avait assisté impassible à la scène. Il se demandait depuis un moment pourquoi l'atmosphère, l'ambiance, lui semblaient différentes de ce qu'elles étaient la veille. Le crime ?... Non ! Ce n'était pas à cause du crime. Quelque chose – qui manquait...

Fernande Vasseur voulut savoir l'opinion de Lepicq au sujet des chiffres tracés par Jaufre sur la carte postale. L'avocat déclara se rallier à la thèse de la police : ces chiffres étaient sans rapport avec le meurtre. Jaufre faisait des comptes. Aucun intérêt !

La porte d'entrée fut claquée. On entendit courir dans le couloir. Noémi, essoufflée, fit irruption dans le salon.

– Ça y est ! Le policier n'aura pas été long !

– Il a arrêté quelqu'un ?

– Barnabé ! C'était lui, l'assassin. Je le sais par Aubin.

– Vous voyez, Angèle ! dit Zélie. Vous vous moquiez de ma méthode !...

Aragoni Labilasse Eptalicon... Le premier papier qui revient sur l'eau, c'est le bon ! Et le premier papier portait le nom du muet !

– Barnabé a avoué ? demanda Lepicq.

– Pensez-vous ? Il se démanche le cou à faire signe que ce n'est pas lui ! Seulement...

– Farjoux a la preuve ?

– Et une bonne ! Les huit billets de banque. Il les

a retrouvés dans la paillasse du muet! Comme cachette, c'était plutôt nigaud!

– Cet inspecteur ne me paraissait pas bien fort, dit la veuve. Je me trompais! Il sait son métier.

– Dans ces conditions, déclara la Vasseur, il n'y a plus de raison que l'on interdise l'entrée de la maison de Jaufre. C'est indécent de le laisser plus longtemps sans personne pour veiller et prier. Je propose que nous...

– Je suis prête à y aller, dirent, ensemble, la veuve et la bouchère.

– Moi aussi, dit Amandine Maisondieu, de sa voix masculine.

– Je n'irai pas, murmura Clémence, blafarde. Moi, les morts...

Elle n'avait pas besoin de le dire! On s'en doutait!

– Moi, j'irai, dit Zélie Beluge, d'une voix un peu tremblante, mais brave.

– Haut les mains! Haut les mains ou je fais feu! criaient les gamins sur la Place inondée de soleil.

Lepicq sourit. Il venait enfin de comprendre ce qui rendait l'atmosphère de ce jour si différente de celle de la veille. Ces clameurs des gamins! Ces « Haut les mains ou je tire! Rendez-vous, vous êtes pris! Au nom de la Loi, je vous arrête! » Et ces pétards! Ces amorces! Ce vacarme belliqueux! D'habitude, les gamins ne paraissaient guère sur la Place, trop paisible pour eux. Ils préféraient se lancer comme des démons à travers les ruelles du Moyen ou du Haut Criquebec, ou se livrer, sur le Plateau, à des chevauchées sauvages. Leurs cris, voilà ce qu'il y avait de nouveau sur la Place. Et, ce qui manquait, c'était la douce présence des fillettes, chassées par ces abominables idées de crime, de police, qui par contre avaient attiré les galopins. Ce qui manquait, c'était la chansonnette magique : « *Am Stram Gram, Femina Godam, Carabim*

Zigolo... » C'étaient les litanies de la Balle au Mur : « *D'un pied. De l'autre. Sans bouger. Sans rire. Devant. Derrière. Derrière devant.* » Et l'incantation horripilante de la petite Bladout : « *Bleublanrouge... Bleublanrouge...* »

– Excusez-moi, mesdames, dit Lepicq. Il faut que j'aille féliciter l'inspecteur.

8

NOTRE AMI LE MORT

– Cette aile est réservée aux femmes. Les hommes occupent le Pavillon B. La Salle commune...

Lecorbin faisait les honneurs de l'Asile des Vieillards.

– Admirable! s'exclamait à tout bout de champ le médecin légiste.

– Merveilleux! surenchérissait le juge d'instruction.

Le greffier semblait avoir perdu sa langue; il faisait l'écho à la muette, en balançant le crâne.

– Notre réfectoire moderne...

Brot, le concierge, précédait la compagnie. Il portait un énorme trousseau de clefs, qu'il faisait sonner à la façon d'un enfant de chœur accompagnant un prêtre qui va donner les derniers sacrements.

L'inspecteur Farjoux, l'esprit à Rouen, suivait sans enthousiasme. Il pensait à sa femme. Ce soir, il serait près d'elle. D'ici là, rien ne se passerait, il fallait l'espérer. Il sourit : cette affaire Jaufre avait été rondement menée. Une devinette pour débutant!

Lepicq déboucha dans la Cour-Promenade. Il transpirait à grosses gouttes. On l'avait d'abord envoyé à la Maison d'Arrêt. « Il y trouverait sûrement Farjoux... » Mais, là : « Farjoux venait de partir, lui avait-on dit. Il se rendait chez Pibole. » Descente chez Pibole... L'inspecteur était effectivement venu, pour donner un coup de fil à Rouen – puis il était reparti. Il montait chez M. Lecorbin. Lepicq était arrivé chez Lecorbin : une grande belle maison ornée d'opulentes retombées de glycines. Pas de chance : le maire, avec ces Messieurs, venait de partir pour la Mairie. Lepicq file à la mairie, mais y arrive pour apprendre que ces Messieurs sont en route pour l'Asile.

Enfin, il les tenait !

– Bah ! fit l'inspecteur, qui était un modeste, ce n'était guère sorcier ! Barnabé était sans le sou; il connaissait les habitudes du vieux...

– L'étonnant, glissa Lepicq, est qu'il ait mis si longtemps à se décider à faire son mauvais coup. Songez qu'il a *toujours* été sans argent ! Et voilà dix ans qu'il connaissait les habitudes du vieux !

– La tentation a fini par être la plus forte. Et puis, il lui était peut-être venu des besoins qu'on ne connaît pas. Une femme passe...

– En tout cas, vous avez rapidement mis la main sur les billets !

– Ça non plus, ce n'était guère sorcier ! Dans la paillasse ! Le muet n'avait pas beaucoup d'imagination !

Voilà justement ce qui troublait Lepicq. L'extrême naïveté, l'excessif manque d'astuce... Il ne pouvait s'empêcher de se dire que, si une paillasse est la première cachette qui vient à l'esprit d'un simple, c'est aussi celle que choisira un assassin roublard... désireux de faire tomber les soupçons sur un innocent ! On tue Jaufre pour une raison secrète. On prend les huit cents francs pour faire croire à un vol. On va cacher cet argent chez un infirme, un besogneux, détesté, tenu pour un malfaisant, qui était le seul intime du vieux. On dissimule les billets dans la paillasse. Si la police ne les trouve pas, ce sera à désespérer de tout! Néanmoins, Lepicq garda pour lui ces pensées.

– De sorte que la carte postale...

– Exactement ce que l'on pensait : moins que rien.

– Pourrais-je la voir?

L'inspecteur la lui tendit.

– Nous allons passer au Réfectoire, disait Lecorbin. Après vous, monsieur le juge; après vous, docteur...

– Mais... où diable sont-ils, vos vieillards? s'étonna le médecin. Ils ont tous pris la clef des champs?

– C'est-à-dire..., fit Lecorbin, embarrassé. Nous... Nous n'avons personne, en ce moment.

– Bravo! fit le juge. Pas d'indigents à Criquebec! Voilà bien la ville modèle! Cela donne une haute idée de son administration! Compliments, monsieur le maire!

– Nous faisons ce que nous pouvons! La grande lutte contre la misère... Le malheur vient toujours assez vite! De toutes façons, nous attendons de pied ferme ceux que l'adversité frappera!

Lepicq était resté seul dans la vaste cour de l'Hospice. Son regard errait sur les chiffres tracés par Jaufre. Il entendait, comme à travers un rêve, les éclats de voix de cuivre de Lecorbin :

– Votre avis, monsieur le juge – franchement? Ce réfectoire... Croyez-vous qu'ils seront bien, ces pauvres vieux?

– Choyés comme des dieux! Vous êtes un organisateur, mon cher monsieur Lecorbin! Un animateur!

– Peuh! Peuh!... faisait le maire, qui buvait du lait.

Au fond de la mémoire de Lepicq, des petites filles chantaient. « *Am Stram Gram, Femina*

Godam... » Et la benjamine des Bladout, qui ne mettait pas d'espace entre les mots : « *Bleublanrouge... bleublanrouge...* »

Ce fut à ces trois mots liés arbitrairement que Lepicq dut de faire une découverte dont l'importance exceptionnelle, capitale, ne devait d'ailleurs lui apparaître que beaucoup plus tard.

La carte postale de Jaufre, c'était le contraire de Bleublanrouge!

Lepicq traversa au trot le réfectoire, escalada les marches menant au dortoir des femmes, rattrapa l'inspecteur sur le seuil.

– Une seconde, voulez-vous? Je viens de faire une remarque! Ces chiffres écrits par Jaufre...

– Eh bien?

– Ce ne sont pas des chiffres!

– Quoi?

Lepicq sortit un crayon et, entre chaque groupe de deux chiffres, traça un pointillé.

– Sacrebleu! s'ébahit Farjoux. C'est renversant!

Les chiffres étaient devenus des lettres. Des majuscules. Alors que la petite Bladout ne marquait pas l'espace entre les mots, Jaufre avait imaginé, au contraire, de mettre un espace là où l'on n'en laisse pas d'ordinaire : dans le corps des lettres. Chaque groupe de deux « chiffres » n'était, en réalité, qu'une majuscule coupée verticalement.

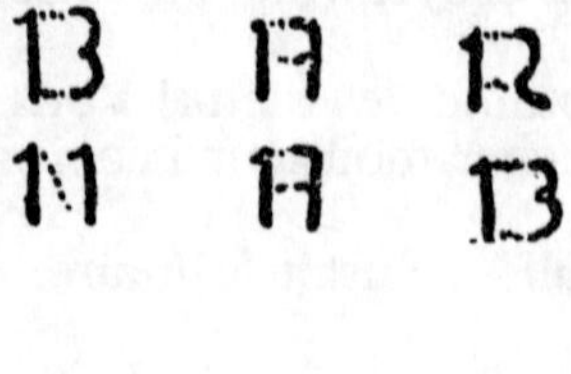

BARNAB

– Barnabé ! cria Farjoux. Le vieux n'était pas mort sur le coup. Quand le muet lui a pris son portefeuille, il l'a reconnu. Et il a essayé de nous indiquer le... Mais non ! C'est idiot !

Si Jaufre avait voulu dénoncer le coupable, il aurait tracé son nom d'une écriture normale, compréhensible. Il ne se serait pas amusé à des fantaisies calligraphiques tendant à faire prendre les lettres pour des chiffres ! Force était d'admettre que le vieux s'était livré à ce bizarre exercice de cryptographie avant le crime, alors qu'il ne soupçonnait pas la présence du muet derrière les rideaux de reps. Et c'était le coup de couteau qui l'avait empêché de transformer en chiffres l'E final de Barnabé.

– Dans quelle intention...

Voilà ! Dans quelle intention ?

– Ça ne peut être qu'une preuve de plus contre le muet, si ça a une signification ! conclut l'inspecteur.

Lepicq garda le silence. Il songeait à deux hommes dont l'attitude embarrassée l'avait intrigué, dans la maison du crime. Genêtou, Doré, les gaillards aux serviettes... Etait-ce bien Jaufre qui avait tracé les lettres camouflées sur la carte ? Ce document n'avait-il pas, plutôt, été apporté par le clerc ou le secrétaire, et glissé sous le cadavre ? L'avocat fit effort pour se remémorer le détail des scènes qui s'étaient déroulées dans la bicoque noirâtre, les positions occupées par les personnes présentes, leurs allées et venues, leurs gestes. Ni Doré, ni Genêtou n'avaient touché le cadavre.

Seul, le docteur Pouacre...

Pour Farjoux, tout était simple. Barnabé avait fait le coup. On tenait le coupable et la preuve. L'affaire était réglée. Et lui, Farjoux, serait ce soir au chevet de son épouse.

Lepicq quitta l'hospice. Il fut tenté de se rendre auprès de Barnabé, puis y renonça. A quoi bon?

Il se mit à descendre les rampes.

Singulière ville, Criquebec! En bas, l'opulence. Et, plus on s'élevait, plus le niveau de fortune des citoyens s'abaissait. Ainsi, partant des gros revenus, des immeubles cossus, du puissant commerce, on arrivait à l'aisance, aux maisons bourgeoises encore très confortables, au commerce encore prospère; puis venaient les rentes modestes, les débits et magasins qui vivent des humbles, gagnent peu mais se rattrapent sur la quantité! L'étage des laborieux, des fourmis : un sou sur un sou.

En continuant à monter, on tombait sur les employés, les ouvriers, tous ceux qui subsistent des seules ressources que procure le labeur ingrat, chichement rétribué. Après cela, il y avait les maisons où l'on ne mangeait pas tous les jours de la viande, où l'on faisait attention au pétrole, où l'on se tassait en demi-cercle étroit devant la cheminée chauffe-petit. Ceux qui n'avaient jamais eu de chance – ou qui en avaient eu, mais s'étaient révélés des imprévoyants de l'avenir. Tout en haut, les bicoques-misère, tôle ondulée et papier goudronné, les nids à corbeaux; il pleuvait dans les greniers, le vent mettait sa bouche aux carreaux cassés et vous gelait les fesses sous la couverture de cheval; on ne mangeait pas tous les jours deux fois (viande ou légumes), on faisait du vin avec un litre de vinaigre et cent d'eau, on s'usait les yeux à la bougie, on brûlait du bois mort plein de fumée. Là, dieu sait combien ils étaient, pour qui huit cents francs...

Lepicq ne se sentait nullement d'humeur à enquêter. Derrière les rideaux, tous ces profils de vieilles... Entrer? Poser des questions insidieuses? Recueillir un fatras de cancans, de ragots, d'insinuations, de médisances, de calomnies, s'apercevoir que les gens, ici comme partout, tirent moins de joie du coup de chance, qui, par-ci par-là, leur advient, que du désagrément qui arrive à autrui? Temps perdu!

Sans hâte, Lepicq descendait vers la Place.

A Criquebec, on pratiquait la politique des compensations.

Ceux d'en haut crevaient de faim, mais ils avaient le bon air, le vent salubre. Tandis que les richards d'en bas vivaient dans la poussière, l'été, et les microbes, en hiver; une poussière dorée, il est vrai, et des microbes luxueux, mais de la poussière, des microbes tout de même!...

Sur la Place proprement dite, il n'y avait pas de grosses fortunes. Frelasset faisait ses affaires, mais il ne mettait pas son million de côté chaque année! Cent billets, au grand maximum. La Beluge, la Vasseur, Médéric Plainchant se débrouillaient – sans plus. La veuve Angat avait « de quoi » – mais cela n'allait pas très loin. Les Maisondieu tenaient leur rang, mais, sorti de trois sous de rente, il ne fallait pas qu'elles s'écartent beaucoup. Sur la Place, c'était mieux que les grosses fortunes, c'étaient les vieilles familles de la ville, la lignée des pionniers : la noblesse de Criquebec. Comme, en Amérique, il y a ceux qui avaient quelqu'un sur le *Mayflower*, le fameux bateau, dans les temps...

Lepicq descendait tout doux.

Partout, on parlait de l'Affaire. Nombreux étaient ceux qui, timidement, s'apitoyaient sur le sort de Jaufre, révisaient leur jugement sur lui.

On lui en avait voulu, à cause de cette Maison d'Hospice. On n'avait peut-être pas tellement raison. Jaufre n'était pas responsable de ce que les indigents préféraient tendre la main, vivre de croûtes, se vêtir de loques, dormir sur des grabats, plutôt que de monter à l'Asile – sous prétexte qu'ils tenaient à leur indépendance, à leur dignité! Leur dignité ! Ils la plaçaient drôlement ! Des têtes de mules, oui !... Il y avait eu cette question de viager, les huit cents francs, qu'on digérait mal. Eh bien, ne fallait-il pas que Jaufre vive ? La ville lui avait versé 96 000 francs. D'accord. Mais, si on voulait calculer... Les bâtiments et dépendances du Plateau valaient bien deux cents billets. C'était donc 100 000 tout ronds que la ville gagnait. Il y a des spéculations plus mauvaises !

Et on pouvait chercher loin avant de trouver un Asile qui puisse se comparer à celui de Criquebec. C'était honorifique ! Oui, peut-être qu'on avait été un peu injuste avec Jaufre...

Lorsque Lepicq parvint sur la Place, des femmes pénétraient dans la maison du mort, avec une mine recueillie.

On veillait le défunt. La veuve Angat avait apporté de beaux draps de fil; on avait procédé soigneusement à l'ultime toilette. Zélie avait donné deux cierges, la Vasseur deux également. Et l'on priait. On dorlotait Jaufre – si l'on peut dire. Il l'avait été si peu, de son vivant. On se rappelait. Chaque mois, il se rendait chez Gratoulet. Ce n'était pas loin, mais à peine s'il pouvait se soutenir ! On le revoyait, dans sa vieille jaquette jaunie, son pantalon découragé, avec son « paille » minable, ses chaussures qui avaient perdu leurs talons... Quelle pitié ! Est-ce que le percepteur n'aurait pas pu lui épargner cette expédition, et envoyer son commis – un jeunot, à qui ça n'aurait guère usé les jambes – lui porter les huit cents francs, et le registre à signer ?

Ces propos hypocrites étaient tenus avec un naturel parfait. Les femmes jetaient des regards navrés sur le mobilier misérable, les murs suintant la lèpre, le parquet effondré, et le grand désordre, le total abandon de ce piteux logis ! Pauvre vieux, sans personne pour songer à son ménage, à ses nippes, à son manger... Et ce coquin de Barnabé, qui guettait son heure! Faut-il que les gens aient peu de cœur! Enfin... L'enterrement serait aux frais de la ville. Il fallait espérer que la municipalité ferait convenablement les choses. C'était bien le moins... Il y aurait du monde à la cérémonie. Si Jaufre voyait ça, de *là-haut*, ça le réjouirait.

L'hôtel Pibole regorgeait de clients. La terrasse était comble. Un télégramme attendait Lepicq. Il émanait de Jugonde, le jeune secrétaire de l'avocat.

« *Vous signale affaire bijoux volés rue Juliette-Dodu et affaire lettres anonymes contenant menaces de mort adressées à épicier rue Portefoin. Envisagez-vous donner suite? Bonnes vacances.* »

Sur une feuille de calepin, Lepicq rédigea cette réponse :

« *Bon voyage bijoux volés! Longue vie épicier! Je reste à Criquebec. Vous souhaite heureuses amours!* »

Sur le trottoir, le gamin des Pibole poussait férocement le cri de guerre des Étrangleurs du Far-West. Lepicq le saisit par la peau du cou, lui promena sous le nez une pièce de dix francs :

– Trotte me porter ce télégramme à la poste, petit! Avec ce que l'on te rendra, tu t'achèteras une carabine *Buffalo!*

A la terrasse, l'avocat avisa deux figures de connaissance : Doré et Genêtou. Ils lui sourirent, se levèrent à demi. Il y avait quelque chose de servile dans leur attitude.

– Alors, fit Lepicq. Ce crime?

– L'inspecteur est fort! proféra sentencieusement Genêtou.

– Très fort! appuya l'avocat.

Ses paupières de velours presque fermées ne

laissaient couler qu'un regard pour ainsi dire laminé.

Ils tinrent des propos sans importance. Lepicq s'éventait avec la carte postale où Jaufre, en majuscules déguisées en chiffres, avait tracé : *Barnab.* Jaufre – ou quelqu'un d'autre...

Plus que jamais, l'avocat avait pris son air de démarcheur en crimes : « Je suis Me Lepicq, avantageusement connu sur la place de Paris, avait-il l'air de dire. Lepicq, l'homme qui met les jurys dans sa poche! Tarifs pour toutes les bourses; prix à la " tête " du client – c'est le cas de le dire! Le montant des honoraires n'influe pas sur la qualité de la plaidoirie. Nous fournissons toujours l'article supérieur, la meilleure qualité en fait d'éloquence. A bon entendeur, salut! Réfléchissez. Ne vous pressez pas. J'ai tout mon temps. »

– On remet ça? proposa Genêtou.

– Ma foi! fit Lepicq. Il n'y a que le dernier qui tue!

Hargneux, le nain Couril arpentait la Place. On ricanait. Le nain redressait le front, fixait les gens, comme s'il les défiait.

Ce soir-là, après le dîner, Lepicq s'en fut rôder sous la fenêtre de Reine Coulemelle. Une lampe était allumée. La silhouette de la postière se découpait sur le papier à fleurs. La femme tenait une tasse, qu'elle porta à ses lèvres. Quelque infusion... Elle venait juste d'achever son repas.

Sur la Patte-d'Oie-du-Petit-Roi, personne.

Reine Coulemelle ouvrit son armoire à glace, en tira des robes, des chapeaux, qu'elle déposa sur le lit.

« Parfait, se dit Lepicq. Elle va sortir. Cette fois, je saurai où elle se rend. »

Reine Coulemelle ôta sa jupe. Elle ne passa pas tout de suite la robe qu'elle s'apprêtait à mettre.

Elle fit d'abord sa beauté : coup de fer, rouge à joues, rouge à lèvres, poudre. Puis elle essaya un chapeau, le rejeta, en essaya un autre : celui-là irait. Elle passa une robe de tissu imprimé, à fleurs. Encore un petit coup de peigne. Lepicq, pareil à un amoureux, s'impatientait. « Dieu, qu'elle est longue! Qu'elle est longue!... » Comme s'il ne savait pas que toutes les femmes sont longues!

Il alla se poster dans une encoignure. De là, il surveillait les deux issues que pouvait emprunter Reine Coulemelle : celle de la rue du Pot-de-Grès, et celle de la rue des Étourneaux. La nuit était lourde, orageuse. Les ténèbres, moites, collaient à la peau, vous enserraient le crâne, le visage, aussi étroitement qu'une cagoule, épousaient votre corps à la façon d'un maillot de rat d'hôtel. Lepicq s'abstenait de fumer : la lueur de la cigarette l'aurait trahi.

Reine Coulemelle souffla sa lampe. Les regards de l'avocat se mirent à sauter de la rue du Pot-de-Grès à la rue des Étourneaux. Encore un long moment d'affût...

– Qu'est-ce qu'elle fabrique?

Attente.

Et, soudain :

– Nom d'un chien! Celle-là, alors!...

Reine Coulemelle rentrait dans sa chambre, allumait. Devant la glace, elle ôtait le chapeau, enlevait la robe à fleurs. Elle avait fait sa course. Et elle n'était pas sortie ni par la rue du Pot-de-Grès, ni par la rue des Étourneaux.

– Je suis refait! Il y a une troisième issue!

Le temps d'absence n'avait guère excédé vingt minutes. La Coulemelle n'avait pu aller loin.

L'avocat se retirait, furieux. Brusquement, il ralentit le pas.

Quelqu'un...

Pas besoin d'y regarder à deux fois : le promeneur avait la taille d'un enfant de dix ans. Mais les enfants de dix ans étaient au lit, à l'heure qu'il était. C'était Couril. Lui aussi s'intéressait aux sorties clandestines de Reine Coulemelle !

– Bonsoir, monsieur, dit Lepicq, soulevant son chapeau.

– Bonne nuit, monsieur ! répondit le taciturne et rechigné petit homme, d'une voix si extraordinairement douce et caressante, que l'avocat, saisi, s'éloigna sans mettre à profit cette occasion merveilleuse d'engager la conversation.

Lorsqu'il se retrouva sur la Place, de la lumière brillait au-dessus du magasin *Au Désir de Contenter*, dans la salle à manger de Zélie Beluge. Médéric Plainchant n'était ni dans sa boutique ni dans son appartement. L'avocat l'aperçut chez Pibole : il jouait aux dominos avec Gratoulet et les époux Gentil.

Alors, Lepicq fit une folie. Il ne réfléchit pas. Il céda impétueusement à l'impulsion.

Sur la droite du magasin *A la Fine Lame*, se trouvait une porte cochère. Elle n'était pas fermée. Discrètement, l'avocat la poussa. A gauche, sous la voûte, un escalier s'amorçait. Lepicq le grimpa. Il s'arrêta sur le palier du premier, devant la porte de l'appartement du coutelier. Cette porte était fermée à clef, mais Lepicq ne s'embarrassait pas de scrupules. Il crocheta la serrure. De la chambre de Plainchant, il aperçut Zélie. Elle somnolait sur un journal.

Lepicq découvrit sur un guéridon tout ce qu'il souhaitait : une lampe, des feuilles de papier épais, un crayon de fusain. Il alluma la lampe. Aussitôt, Zélie tourna la tête dans sa direction. Lepicq s'était courbé : il fallait qu'elle crût avoir affaire à Plainchant. En chiffres énormes, il traça un nombre, le premier qui lui vint à l'esprit : 46. Il éleva la feuille et la lampe. Zélie lut le nombre, feuilleta un petit carnet (le code secret) – et se mit à rire!

A son tour, elle traça un nombre : 182.

« Me voilà bien avancé! se disait l'avocat. Cette conversation à l'aveuglette peut durer longtemps! »

Il inscrivit un autre nombre – le même que précédemment, retourné : 64.

L'expression de Zélie changea, se fit irritée. Elle se remit à écrire. Cette fois, Lepicq déchiffra, non plus un nombre – mais des lettres. Zélie avait écrit : « *Insolent! Vous avez bu! Allez-vous coucher!* » Là-dessus, haussant les épaules, elle claqua furieusement les persiennes.

« Bigre! Qu'est-ce que j'ai pu lui télégraphier de si choquant? »

Il chercha l'exemplaire du « code secret » que devait nécessairement posséder Plainchant. Il ne le trouva pas. Il se retira.

« Le coutelier va en prendre pour son grade, demain! Avec tout cela, il saura que quelqu'un a eu le toupet de violer son domicile... »

Il entrebâilla précautionneusement la porte cochère, risqua un coup d'œil : le chemin lui parut libre, il avança un pied prudent sur la Place. Aussitôt, il eut un sursaut : « Pincé! »

– Bonsoir, monsieur! susurrait une voix douce.

Francis Couril soulevait son chapeau, souriait avec gracieuseté.

– Bonne nuit, monsieur, répondit suavement Prosper Lepicq.

Les obsèques de Jaufre furent célébrées le surlendemain – un dimanche – aux frais de la ville. Ce fut un bel enterrement. Décoration riche au domicile mortuaire ainsi qu'à l'église, où l'on dressa un superbe catafalque. Le cercueil était de chêne fort, avec ferrures argent. Très bien, vraiment. Office chanté. Beaucoup de fleurs (Zélie, qui s'y connaissait en cette matière, avait assisté la fleuriste). Plusieurs couronnes de perles. On remarquait celle du Conseil municipal – imposante. Très très bien, franchement. Un monde considérable suivit le convoi. Plus exactement : le Tout-Criquebec. La ville se vida. Il n'y eut guère, à rester, que les trop petits et les trop vieux – les seconds gardant les premiers (à moins que ce ne fût le contraire !).

Le cimetière était sur la partie est du plateau – du côté opposé à l'Hospice. L'escalade fut lente, digne, recueillie.

Au fur et à mesure que les gens arrivaient au sommet de la côte ils se retournaient, rang après rang. C'était plus fort que soi; on ne pouvait pas faire autrement. L'attraction du vide, la tentation de laisser le regard plonger à pic sur la ville. Tout au fond, la Place éclatait de blancheur, telle qu'une assiette. A sa surface, une minuscule silhouette noire se déplaçait : le nabot Couril, qui faisait ses perpétuels cent pas ! Réellement, il était inhumain, cet être-là !

A la surprise générale, le maire, après les dernières prières, improvisa sur la tombe un discours, d'ailleurs bref, plein de tact, bien senti. On s'étonna un peu, d'abord, de l'entendre tutoyer le défunt, mais, à la réflexion, on se dit que c'était plus respectueux.

« *Jaufre, nous sommes venus, tous tes amis. Nous avons tenu à t'accompagner au lieu de ton repos, à te faire notre adieu. Ce n'est pas une famille en deuil que tu quittes, Jaufre. C'est plus qu'une famille : une ville en deuil! L'émotion m'étreint; je ne veux dire que quelques mots.*

« *Je sais. Les mauvaises langues, qui n'épargnent personne, ne t'ont pas épargné, toi non plus! On a répandu des calomnies sur ton compte. Mais nous sommes fixés, nous, sur ce qu'il en a été, et que tu as eu une vie sans tache, d'honneur, de dignité, d'étude. Tu étais un caractère; un homme indépendant. C'est pour cela que tu n'as pas hésité à quitter un poste brillant dans l'Enregistrement – chose que beaucoup, à ta place, auraient regardé à deux fois avant de faire, à cause de la retraite qu'il y avait au bout! Toi, tu mettais la liberté au-dessus de tout!*

« Mais, lorsque l'âge est arrivé, tu n'as plus eu qu'une pensée : Criquebec, la ville qui t'avait vu naître... Tu es revenu, modestement, finir tes jours là où ils avaient commencé, là où tu avais mené tes premiers jeux d'enfant. Tu travaillais, tu méditais, on le savait, on respectait ta solitude.

« Jaufre, je puis hardiment te décerner le brevet d'homme charitable. Aucun de tes amis ici présents ne me démentira. Tu es mort victime de ta charité. Tu as distribué une part de tes maigres ressources à un individu indigne, tu as réchauffé dans ton sein un serpent – et pire qu'un serpent, car les bêtes ne tuent que pour se défendre ou pour se nourrir! Tu as été tué par l'homme qui vivait à tes crochets! Mais le meurtrier sera châtié, justice sera faite!

« J'ai fini, Jaufre. Un dernier mot, et j'ai fini... Je viens de te décerner le brevet d'homme charitable. Je voudrais, avant de te saluer une dernière fois, te donner un autre titre – plus beau peut-être. Celui de Bienfaiteur de ta Ville! Grâce à toi, Jaufre, grâce à ta générosité, il s'élève sur ce plateau une Maison accueillante à tous les nécessiteux, à tous les indigents, à tous ceux que le mal frappe, à tous ceux que l'âge paralyse : je veux parler de notre belle Maison de Retraite.

« A ce sujet, je suis porteur d'une bonne nouvelle. Que n'ai-je eu la joie de pouvoir te l'annon-

cer de ton vivant! Mais, de là où tu es, tu m'entends!... »

Lecorbin fit une pause habile. De sa poche de veston, il tira ses lunettes, dont il essuya les verres à son mouchoir. Puis il déplia un papier :

« *Hier, trois vieillards indigents de Criquebec ont déposé à la mairie une demande d'admission à l'Asile. Ce matin, nous avons enregistré deux autres demandes.* »

Il replia la feuille.

« *A toutes ces demandes, il sera fait une réponse favorable. Ces cinq compatriotes que la misère et la maladie vont conduire à la Maison de Refuge, c'est en ton nom, Jaufre, qu'ils seront accueillis! Et c'est en leur nom que je te dis : Merci! Tu as bien mérité de Criquebec! Adieu, cher concitoyen! Adieu, cher camarade! Repose en paix!* »

« – Monumental! songeait Prosper Lepicq. »

Le discours avait porté. Des femmes pleuraient. Beaucoup d'hommes regrettaient que ce ne fût pas l'usage d'applaudir dans les cimetières, car les paroles de Lecorbin valaient des applaudissements...

Et le plus fort est que ces femmes qui pleuraient étaient réellement affligées, tout attendries, amollies, à la pensée du vieux qui s'en était allé! Ce vieux que tous avaient honni, maudit, exécré, accusé de malversations, sur le passage duquel naissaient ricanements et insultes, que l'on eût laissé crever dans le ruisseau, dont on appelait la mort chaque matin et chaque soir!

« C'est pourtant vrai, se disaient les femmes en larmes. Il aimait sa solitude. » Et les hommes :

« C'est vrai, il a fait beaucoup pour sa ville. » Par la vertu du couteau de l'assassin et de l'éloquence du maire, Jaufre, l'Exploiteur de Criquebec, était devenu le Bienfaiteur de Criquebec !

Par parenthèse, quelqu'un qui n'avait pas perdu son temps sur le tertre de terre fraîchement remuée, c'était Lecorbin ! Il venait ni plus ni moins d'assurer son élection au prochain renouvellement du Conseil général, qui devait avoir lieu dans six semaines !

9

LE GUILLEDOU

Ces dames étaient sens dessus dessous !

Il y avait à présent cinq jours que Jaufre reposait au cimetière.

La *Gazette d'Yvetot* venait d'arriver. A peine la veuve avait-elle fait sauter la bande que la Frelasset, pointant l'index :

– Voyez donc !...

Elle désignait l'annonce suivante :

OFFRE HUMANITAIRE A TOUS CEUX QUI SOUFFRENT,
A TOUS CEUX QUI DOUTENT,
A TOUS CEUX QUI DESESPÈRENT.

Voulez-vous vaincre ?
Voulez-vous réussir ?

LE PROFESSEUR ALFA,
Membre de l'Académie des Sciences Occultes,
Fondateur de l'Institut Nordique
Psycho-Analytique,
Médium agréé par les savants,

Après de longues années d'études et d'observations sur place, a arraché au Grand Nord les secrets les plus stupéfiants.

Les Mystères du Passé et de l'Avenir dévoilés par méthode entièrement nouvelle. La Neige Magique. L'Irradiation Magnétique. L'Horoscope Austro-Boréal. Le Cercle Arctique. Le Cercle Antarctique. L'Etre humain, comme les Astres, a ses pôles, son électricité négative et positive, ses déflagrations aimantales. N'est-ce pas évident comme deux et deux font quatre?

LE PROFESSEUR ALFA *vous livrera la Clé du développement des Forces Intérieures. Possédant la Connaissance, vous disposerez de la Puissance. Pour vous convaincre, une étude personnelle vous sera adressée gratuitement, sans engagement de votre part. Envoyez, écrit de votre main, votre nom et prénom (Monsieur, Madame ou Mademoiselle) et votre lieu et date de naissance (l'heure exacte, si possible). Vous pourrez joindre deux francs en timbres, si vous voulez, pour frais d'écritures. Adresser la correspondance au* PROFESSEUR ALFA, *Département 418, Service R. T.,* 169, *boulevard Saint-Germain, Paris.*

BONHEUR. AFFAIRES. AMOUR. ARGENT. SANTÉ.

Le PROFESSEUR ALFA *ne se fait représenter par personne.*

Ce texte encadrait l'effigie stylisée d'un énigmatique personnage coiffé, au lieu du classique turban des Fakirs, d'un bonnet de fourrure. Un vaste soleil, qui ne pouvait être que de minuit, lui faisait une auréole et bombardait les quatre points cardinaux de rayons chargés d'influx.

Dans la cuisine, Noémi riait comme une folle. La veille, la Frelasset s'était rendue au Havre. Rien de fâcheux n'était résulté de ce déplacement, en dépit de l'avertissement donné par les Epingles : « Renoncez à un voyage dangereux. » La Frelasset avait rapporté à Noémi, sur la demande de cette dernière, une « Lettre de Bonheur » qu'elle avait achetée, pour dix sous, à un infirme du port. Cette « lettre » était cause de l'hilarité de la servante.

« *Pour égayer le Ciel, Dieu créa les Oiseaux. Mais, en raison de leur rapidité, il s'en sert comme messagers. Ils portent ses Commandements de Planète à Planète, et d'Etoile à Etoile. Parfois, sur Terre, ils viennent se poser et apporter à certaines personnes le secret de leur existence. Vous avez une grande estime de votre caractère. Il est vrai qu'il est parfait. Vous vous penchez vers les déshérités. Continuez. Dieu, du haut de son Ciel bleu, voit tout et vous récompensera. Mais ne tenez pas pour quantité négligeable le caractère des personnes de votre entourage. Sous des dehors frustes, certains peuvent cacher des âmes d'élite. Ainsi, dans votre famille, il est un des vôtres que vous semblez déconsidérer. Vous avez tort. Il deviendra célèbre et vous profiterez de sa fortune. Vous parviendrez d'ailleurs vous-même à la gloire par votre mérite, et l'amour couronnera votre œuvre. Mais luttez contre un gros défaut : renoncez à jouer aux courses. Vous visiterez la Suisse, le Canada et la Perse. Dans ce dernier pays, vous vous marierez.* »

Pouvait-on imaginer rien de plus ridicule ? Ce parent qui deviendrait célèbre (Noémi n'avait plus personne) ! Noémi parvenant à la gloire ! Noémi jouant aux courses ! Noémi, qui n'avait jamais mis les pieds hors de sa Normandie, visitant la Suisse, le Canada, la Perse, et prenant mari dans ce dernier pays !..

Intriguée par les exclamations de ces dames, la servante passa dans le salon. L'annonce du Professeur Alfa amena sur ses lèvres un sourire méprisant.

– Encore un charlatan!

– C'est peut-être au contraire un grand savant, protesta la Vasseur.

– Je vous dis que c'est une canaille! Un escroqueur de cervelles faibles! Ces gens-là se font du lard sur le dos des nigauds!

On haussa les épaules. Noémi était une sceptique. A quoi bon discuter?

Clémence Maisondieu arriva sur ces entrefaites.

– J'ai bien dormi, cette nuit, fit-elle! Je n'ai eu que deux cauchemars : un rêve de bougies que l'on soufflait, et un autre où je me voyais enfermée dans une cave. En principe, c'est mauvais signe, mais l'enterrement de M. Jaufre explique tout : les bougies, c'était les cierges, à l'église; et la cave, c'était le caveau, au cimetière.

– Sûrement, dit Zélie. N'empêche que si vous suiviez ma recette, vous ne feriez que des rêves plaisants, tout comme moi!

– Au fait, de quoi rêvez-vous au juste?

– D'oiseaux, de papillons, de lacs! Je me promène en barque. Souvent, je vois des fleurs, j'en cueille, j'arrange des bouquets.

Attendrissante Zélie, qui avait gardé la jeunesse du cœur! Lepicq contemplait cette Ophélie à cheveux blancs.

– Ou bien, je vole...

– Vous volez?

– Oui. Je cours, je me sens légère, et ça y est; je flotte. Je prends mon vol, je passe par-dessus les collines, les bois, et je m'en vais; je m'en vais loin, – mais loin!... Des fois, je me pose de l'autre côté d'Yvetot! C'est agréable! Rien que d'y penser, je me languis de mon lit! On ne devrait jamais se réveiller!

– Parlez pour vous! riposta Clémence. Mais,

dites-moi, comment vous posez-vous? Est-ce que vous faites comme les avions, ou vous piquez droit sur le sol?

– Je descends plutôt en tourniquant, comme une feuille!

– Eh bien, je ne voudrais pas vous effrayer, ma bonne Beluge, mais, à votre place, je me méfierais. Ce n'est pas si bon que ça, de voler. Vous devriez consulter le docteur Pouacre, qu'il regarde votre cœur.

– Mon cœur? Je ne changerais pas mon cœur pour tout l'or du monde! fit Zélie.

– Et les chiffres, mademoiselle? jeta Lepicq. Est-ce qu'il vous arrive d'en rêver?

– Jamais! dit Zélie, avec un regard soupçonneux.

Le lendemain du soir où Lepicq s'était introduit chez Plainchant, la Beluge avait eu avec le coutelier une explication orageuse au sujet du nombre 64, l'insolent message chiffré.

– Pas possible, chère amie, avait ironisé Plainchant, vous devenez somnambule! Je ne vous ai pas envoyé de chiffres, ce soir-là! Je jouais aux dominos, chez Pibole!

– Oui! Et vous avez bu au point de ne plus vous rappeler ce que vous avez fait ensuite! C'est honteux!

– Pas du tout! Vous avez rêvé!

– Pas du tout! Vous étiez ivre!

Or, Zélie somnolait, le soir en question. Et Plainchant, qui ne buvait jamais, avait fait un petit extra. Dans le doute, ils avaient considéré l'incident comme clos. Mais cela les avait laissés perplexes.

Le gamin des Pibole apporta une dépêche pour Lepicq.

« *Vous signale affaire captation héritage Bezons. Il y aurait eu un décès suspect. Cas semble intéressant. M'occupe réunir documentation que vous expédierai au plus tôt. Vous souhaite bon séjour Criquebec. Amitiés dévouées. Jugonde.* »

Lepicq eut un mouvement d'agacement.

– Mon secrétaire me persécute !

– Ne vous plaignez pas, fit la veuve. Pour un qui a trop de conscience, il y en a quatre-vingt-dix neuf qui en manquent !

Elle avança son index boudiné vers la fenêtre, écarta le rideau.

– Tiens ! Il est revenu !

– Qui donc ?

– L'inspecteur de police. C'était à prévoir !

A prévoir, en effet. Barnabé, que l'on avait emmené à Yvetot, continuait à nier comme un beau diable. Par ailleurs, le juge avait reçu une vingtaine de lettres anonymes. Le nom du nain Couril tenait une grande place dans ces communications rédigées *pour rendre service à la Justice,* et signées : *Un Ami de la Vérité. (Vous comprendrez que je n'ai pas envie de m'attirer des désagréments en marquant mon nom !)*

La nuit, à Criquebec, il se passait du louche. Sur la nature de ce louche, les hommes et les femmes étaient en désaccord. Mais, que le nain fût à l'origine des désordres, tout le monde l'assurait.

Selon les hommes, Couril était un coureur de jupes, un Don Juan cynique. Leurs épouses protestaient. « Ce nabot ? Ce contrefait ? Beau séducteur !... – Justement ! » répliquaient les hommes. Sa laideur, sa difformité : tels étaient les atouts du nain. Des femmes honnêtes, qui auraient repoussé les avances d'un individu normal, se laissaient entraîner par une curiosité malsaine. Elles cédaient à l'attrait qu'exerce sur l'imagination *la monstruosité.*

Les femmes, au contraire, soutenaient que Couril débauchait leurs maris. A Criquebec, avec le concours de certaines dévergondées, comme la Coulemelle, pour ne pas la nommer, il s'organisait des orgies, des séances dont le nain était l'animateur. Couril organisait les divertissements clandestins de Criquebec !

Don Juan ou mauvais génie, on ne l'avait, il est vrai, jamais pincé sur le fait. Mais – pour en revenir au crime – Jaufre avait peut-être surpris quelque chose de grave; d'assez grave pour pousser un homme au meurtre... Où se trouvait Couril, au moment de l'assassinat ?

Le juge d'instruction était assez honnête homme pour préférer même les colis excrémentiels à ces messages venimeux, rédigés d'une écriture déguisée, sur le papier de tout le monde. Néanmoins, il avait fait revenir Farjoux de Rouen.

– J'aimerais que vous fassiez un saut là-bas, inspecteur. Secouez-moi ce nain, qu'on voie ce qu'il a dans le ventre !

Couril arpentait la Place. Le policier piqua droit sur lui.

– J'ai quelques questions à vous poser, monsieur Couril.

– A votre disposition, monsieur l'inspecteur.

Ils partirent vers la mairie.

Lepicq les rattrapa dans la rue de l'Eglise.

L'inspecteur lui serra cordialement la main. Il avait conçu de l'estime pour lui, depuis cette démonstration du pointillé, qui transformait les chiffres en lettres.

– Toujours rien, vous savez ! dit-il. Ce n'est pas naturel ! Le docteur a beau dire, je m'inquiète...

Il parlait de sa femme, qui attendait toujours son bébé.

Lepicq le prit à part.

– Cela m'intéresserait d'assister à l'interrogatoire. J'aimerais connaître votre méthode. Mais je crains d'être importun !

– Allons donc! se récria Farjoux. Je serai ravi! Vous êtes de la partie, en un sens. Nous serons deux à étudier ses réactions. Ensuite, nous prendrons l'apéritif.

– Vous déjeunerez avec moi, j'espère?

– Avec plaisir. On bavardera. Il y a plus de jugeote sous deux bonnets que sous un seul!

A la façon dont Farjoux attaqua l'interrogatoire, il fut visible qu'il n'avait pas étudié la *maieutique*, autrement dit *l'art d'accoucher les esprits*, à la même école que Lepicq!

– Comme ça, il s'en passe, à Criquebec!

Le nain le regarda vaguement, puis se mit à considérer ses ongles. Ses mains potelées étaient très soignées; ainsi que toute sa personne, d'ailleurs. Des cheveux taillés court, des joues nettes, qui semblaient toujours sortir de chez le coiffeur, des dents sans reproche; une bonne odeur de propreté. Un costume bien coupé, de fil à fil gris – le gris grandit – une cravate grenat, des chaussures à forte semelle, cirées dans la perfection.

– On court le guilledou!...

– Qui cela? fit le nain, tripotant la chaîne en or qui lui barrait le ventre.

Il avait parlé de sa voix ordinaire.

Car il disposait de trois sortes de voix. Celle qu'on lui connaissait : une voix de tête haut perchée, avec des retombées sur le rauque, voix d'adolescent, eût-on dit, en cours de mue – mais elle n'en finirait jamais de muer : Couril avait quarante ans! Puis la voix qu'il aurait dû avoir, la vraie; sa voix d'homme, grave et forte. Et une troisième, qu'il n'eût plus dû avoir; sa voix du temps qu'il était encore trop petit pour être un nain, sa voix d'enfant, fluette, toute en sucre. Lepicq était sans doute le seul, à Criquebec, à l'avoir entendue – lorsque Couril, ôtant son chapeau, lui avait dit : « Bonne nuit, monsieur! »

– Qui cela – court le guilledou? répéta le nain.

– Ma foi... Vous, par exemple! On fait son petit Casanova, il paraît!

Le nain eut une expression ambiguë : mi-ironie, mi-secret.

– Plaît-il? fit-il, de sa voix grave.

– Oui. Enfin, je dois vous dire que nous avons reçu certaines informations... On nous signale des scènes de dévergondage nocturne auxquelles vous ne seriez pas étranger. Vous avez la réputation d'être diantrement porté sur la bagatelle, monsieur Couril! Notez, en ce qui me concerne, je trouve la chose flatteuse! Mais l'abus est l'abus!

Pour donner à Lepicq une haute idée de son tact, l'inspecteur évitait les mots crus. Lepicq était gêné de l'entendre dire : « *Nous* avons reçu... On *nous* signale... » Ce pluriel semblait l'associer à une activité dont la seule idée lui déplaisait souverainement.

Le nain arborait un sourire à gifles!

– Et après? dit-il de sa voix perchée dans les arbres.

– Il y a des plaintes...

– Signées?

Farjoux ne répondit pas.

– Ces plaintes, monsieur l'inspecteur...

Voilà qu'il avait pris sa voix d'homme, rude et basse; on ne savait jamais laquelle il allait employer. C'était déconcertant!

– Ces plaintes, je les méprise! Croyez-vous que je ne sois pas au courant? « Je tourne la tête aux femmes! Elles ne me résistent pas! » Et quand ce serait? Mettons que cela soit! Quel est l'article de la loi qui prévoit ce délit? Je ne séduis pas les mineures! Je n'ai encore violé aucune petite fille! Que les maris se défendent!

Il ne jetait pas cela agressivement, mais avec un paisible dédain.

– Ce n'est pas tout, je le sais! « J'organise des bacchanales, n'est-ce pas? Je détourne les maris de leur devoir! Par ma faute, Criquebec est devenu pire que Sodome et Gomorrhe! » Eh bien, conclut-il, je déposerai une plainte en diffamation – une plainte *signée!*

L'interrogatoire déviait singulièrement. Farjoux donna un coup de barre.

– Après tout, ces affaires de cotillons ne m'intéressent pas! Où étiez-vous au moment de l'assassinat de Jaufre?

– Au moment exact?

– De préférence! grogna Farjoux.

– Mais... c'est que vous ne le connaissez pas, ce moment exact!

Farjoux accusa le coup. Son accent se fit acerbe.

– Ne jouons pas sur les mots! Où étiez-vous, le soir du crime, entre 6 et 8?

– Sur la Place.

– On prétend que non!

– Qui?

– Je vous ferai remarquer, monsieur Couril, que c'est moi qui pose des questions! Pouvez-vous prouver que vous étiez sur la Place entre 6 et 8 heures?

– La preuve ne m'incombe pas! C'est à vous à la faire!

– Je vous conseille de ne pas le prendre sur ce ton!

– Je ne suis pas patient non plus! dit Couril de sa voix haut perchée. Si vous avez un mandat d'amener, produisez-le!

– Mais..., fit Farjoux, démonté, qui parle de vous arrêter?

– Ah!... bien!

Le policier n'avait pas pris le bon chemin. Quant à Lepicq, il se gardait d'ouvrir la bouche.

– Supposons que je n'aie pas été sur la Place, attaqua à son tour Couril. Je dis que je ne suis pas entré chez Jaufre. Qu'est-ce que vous répondez ?

– Où seriez-vous allé ?

– Sans être une grande ville, il y a de quoi se promener, dans Criquebec. J'aime marcher.

– Du côté de la Patte-d'Oie-du-Petit-Roi, par exemple ?

– Pourquoi pas ?

– Vous y faites des stations...

– Je n'ai pas vu d'écriteau l'interdisant !

– De quelle nature sont vos rapports avec Mlle Reine Coulemelle ?

– De pure courtoisie. Je la salue quand je la croise. Elle me rend mon salut.

Couril se leva.

– Nous tournons autour du pot ! Inspecteur, je n'ai pas tué Jaufre. Pourquoi l'aurais-je fait ? Il n'y a pas l'ombre d'une raison, pas l'apparence d'un motif. En somme, qu'y a-t-il au fond de tout cela ? Des gens qui ne brillent pas par le courage ont envoyé des lettres anonymes certifiant que j'ai des mœurs déréglées. Je réponds, premièrement : « Cela reste à prouver ! » Deuxièmement : « Cela regarde la morale, et non pas le Code ! » On se base sur ces fumées pour m'imputer le crime ! Monsieur l'inspecteur, vous n'êtes pas de Criquebec. Vous non plus, maître Lepicq. Et c'est tant mieux pour vous ! Eh bien, écoutez : A Criquebec, on me hait comme on haïssait Jaufre, comme on haïssait Barnabé ! Ces gens ne connaissent que la haine, la haine mesquine ! On détestait Jaufre à cause de huit malheureux billets de cent francs par mois ! On exécrait Barnabé parce qu'il était un pauvre infirme, et l'ami de Jaufre ! Moi...

– Vous ?

– Moi, les gens me haïssent parce que je ne vis pas sur le même plan qu'eux; j'ai de l'instruction, et je sais les estimer à leur juste valeur, c'est-à-dire plus bas que terre ! Les gens de Criquebec... tenez, monsieur l'inspecteur...

Sa bouche remua. Allait-il cracher sur le parquet ? Non. Il se leva, se dirigea vers une fenêtre ouverte, se haussa sur la pointe des pieds, cracha dans la cour.

– Voilà !

Farjoux renonçant à pousser plus loin l'interrogatoire, Couril s'en fut ensuite rédiger, par-devant Genêtou le secrétaire de mairie, sa plainte en diffamation, contre inconnu.

10

LA ROBE BLEUE

En l'absence de Me Lepicq, ces dames s'étaient rassemblées dans la salle d'Uranus, autour de la table ronde. Elles avaient appelé l'esprit de Jaufre. Jaufre n'était pas venu. Ces dames avaient alors fait des essais de télépathie. Cela n'avait rien donné. La veuve, chargée de transmettre sa pensée, se concentrait sur l'idée d'un voyage en mer; la Vasseur, chargée de recevoir cette pensée, déclarait : « Vous avez songé à votre maison de Saint-Blaise. » A son tour, Amandine Maisondieu se concentrait, pensait fortement à Zélie Beluge, qui, précisément, devait accueillir ce message psychique. Zélie affirmait : « Vous avez songé au procès d'Andréa Gauric! » Rien à faire! Un jour sans fluide! Uranus devait se trouver en exil, pour le moment, ou en bisbille avec Mercure, ou contrarié par Mars... Ces dames s'étaient rejetées sur l'*Offre humanitaire* du Professeur Alfa.

Ce fut à cet instant que Lepicq arriva.

– Alors? questionna la veuve. Cet interrogatoire?

– Aucun résultat. Couril nie. Il faut avouer que l'on ne peut relever aucune charge contre lui.

– J'ai fait une remarque curieuse, ce matin, dit Zélie. Je feuilletais un lexique de magie : c'est plein de mots amusants. Anamalech, démon de la discorde, Acham, démon du jeudi, Béchet, démon du vendredi...

– Oui oui... Eh bien?

– Devinez sur quel nom je tombe? Couril!

– Pas possible!

– Comme je vous le dis! Et devinez ce qu'est un couril, en magie? Un esprit nain à pieds palmés, qui hante les pierres! Croyez-vous!...

– C'est inouï, ce que ça tombe juste!

– Hier, dit Amandine, j'ai pu voir l'intérieur de sa main gauche. Sa ligne de tête est coupée en deux tronçons, ce qui annonce : blessure grave, folie. Et je crois – je n'en suis pas sûre – que ces tronçons se superposent sous Saturne, ce qui est signe de grande fatalité. On a relevé cette particularité chez beaucoup de criminels condamnés à la guillotine.

Lepicq, n'oubliant pas qu'il s'était introduit dans le cénacle en donnant comme référence la physiognomonie, déclara que le simple aspect du visage et du crâne de Couril ne lui disait rien qui vaille! Un front plat : médiocrité d'imagination. Des sourcils minces : faiblesse morale. Des yeux très creux : goût de l'espionnage. Un assez long nez à épine large, mais des lèvres épaisses et un menton charnu : instincts de brutalité. Autant qu'on en pouvait juger, ses protubérances crâniennes décelaient peu de tendances à l'affectionnivité et beaucoup à la destructivité!

– Astrologiquement, quel type est-ce?

– Un Martien mâtiné de Lunatique, dit la veuve, Mars et Lune conjoints en Maison X, c'est-à-dire le Milieu du Ciel : ce n'est pas brillant! Né dans le Capricorne : peu de prolificité, et bonne vue.

– Et Reine Coulemelle?

– Une Vénusiarque. Du Capricorne, elle aussi.

– C'est bon?

– Oui et non. C'est mitigé. Vénus, n'est-ce pas, représente le fluide astral au repos. Maléficiée dans un horoscope féminin, elle fait les femmes débauchées et vénales. Maintenant, si vous avez le bonheur d'avoir Jupiter ou le Soleil en Maison I...

« Bon dieu ! songeait Lepicq. Elles me rendront fou ! »

Par la fenêtre, il aperçut Farjoux. L'inspecteur traversait la Place, s'asseyait à la terrasse Pibole après avoir demandé :

– Rien pour moi au téléphone ?

Lepicq abandonna ces dames et rejoignit Farjoux.

– Un drôle de zèbre, ce nain ! fit l'inspecteur. Ma faiblesse, c'était de n'avoir rien de précis contre lui. D'ailleurs, ce que j'en ai fait... C'est Barnabé le coupable, aucun doute !

Il avait lancé cela avec une fausse énergie, son regard quêtait une approbation.

Lepicq lui tapota le genou.

– Je ne crois pas que ce soit Barnabé !

Farjoux soupira, souleva son verre où fondait un glaçon.

– Tout ça est bien embêtant !

Si ce n'était pas Barnabé, il allait falloir rester, s'incruster dans ce patelin, enquêter, questionner. Tandis que sa femme, à Rouen... Pas Barnabé, vraiment ?... La culpabilité du muet arrangeait pourtant si bien les choses !

– Vous avez une raison ?

– Aucune. Simplement, je ne crois pas.

– Le nain – alors ?

– Possible. Je ne sais pas.

La chaleur continuait à être accablante. On ne voyait que faces luisantes de transpiration. La plupart des gens avaient tombé la veste. Peu de cols de chemise étaient boutonnés. De quelque côté que l'on tournât le regard, on surprenait quelqu'un en train de s'éponger le front, les tempes. Seul, Couril – qui avait repris sous les marronniers ses éternelles allées et venues – semblait immunisé contre l'ardeur solaire. Sanglé dans son costume de fil à fil, cravate serrée sur la pomme d'Adam, il ne cédait rien !

– Le chiendent, fulmina Farjoux, c'est que, si ce n'est pas le muet, tout fiche le camp ! Rien pour se raccrocher ! La carte postale, vous ne pensez pas que...

Lepicq secoua négativement la tête.

– Le vieux s'amusait à camoufler des lettres en chiffres. Il a travaillé sur le nom de Barnabé parce que c'est celui qui lui aura sauté le premier à l'esprit. Barnabé était son ami.

– Cette idée de transformer des lettres en chiffres !

– Une lubie !

Genêtou et Doré arrivèrent. L'avocat leur adressa un signe amical.

Maintenant, Farjoux rêvassait; il souriait aux anges.

– On l'appellera Camille ! dit-il. C'est décidé.

– Mais... si c'est un garçon ? fit Lepicq.

– On l'appellera quand même Camille. Ça va pour les deux. Seulement, ma femme préférerait une fille !

Pour y prendre ses cigarettes, l'avocat plongea une main dans sa poche, sentit au bout de ses doigts un papier.

– Diable ! Un télégramme de mon secrétaire. Je l'avais tout à fait oublié !

Il consulta sa montre.

– 7 heures moins le quart. La poste doit fermer à 7 heures.

– En faisant vite, vous y serez.

– Je vous retrouve ici, pour le dîner ?

– D'accord.

La postière avait une expression douce, un regard absent, comme tourné en dedans.

Dans le bureau, point d'autre usager que Lepicq. La pendule marquait 7 heures moins 4.

– Le bureau va fermer, je crois, mademoiselle ?

– Oui, monsieur, répondit Reine Coulemelle. Mais, quelques minutes de plus ou de moins...

La voix était agréable – douce, lointaine.

Reine Coulemelle... Quarante ans... Une vieille fille. Pourquoi vieille fille ? Elle ne manquait pas de charme. Le charme subtil, un peu éteint, d'un pastel. La voix, le regard, les traits : tout concourait à donner cette impression de retrait, de lointain. Où était-elle, cette femme ? Elle se tenait derrière un guichet, semblait présente, disait : « Quelques minutes de plus ou de moins... » Mais où était-elle en réalité ? Dans quelle direction du temps sa pensée vagabondait-elle ? Vers le passé ? L'avenir ?

A la terrasse de l'hôtel Pibole, Farjoux sirotait son anis. L'alcool lui caressait le cœur. Il s'attendrissait, pensant au petit être qui allait venir. Déjà, il se sentait des entrailles de père. Il regardait les mioches qui traînassaient sur la Place. Son œil s'embuait... C'est beau, la paternité !

Au bureau de poste, Lepicq écrivait :

« *Affaire captation héritage me laisse totalement indifférent. Semblez oublier que suis en vacances ! Amitiés.* »

Il poussa la formule par le guichet. Reine Coulemelle se pencha sur le texte, compta les mots.

Plusieurs séances d'affût dans une encoignure de la Patte-d'Oie-du-Petit-Roi avaient permis à Lepicq de constater que les mêmes incompréhensibles événements se reproduisaient chaque soir. Après le dîner, Reine Coulemelle passait dans sa chambre, quittait sa robe de tous les jours, essayait diverses toilettes, chapeaux, fixait son choix, se fardait minutieusement, éteignait, quittait la chambre.

Mais pas la maison!

Lepicq en était certain. Reine Coulemelle montait-elle chez les locataires du second : un ménage (le mari était menuisier); ou chez les locataires du troisième : un ménage également (le mari était employé du Gaz. Sa femme était la sœur de Genêtou. Cela pouvait avoir son importance)?

Après des absences de durée variable, Reine Coulemelle rentrait dans sa chambre, se remettait en tous les jours...

– Quatre francs vingt-cinq, monsieur, fit la postière.

Lepicq tendit une pièce de cinq francs, puis se ravisa.

– Je voudrais ajouter quelques mots.

– Très facile!

Sur la formule, Lepicq écrivit :

« *A quand vos fiançailles?* »

– Quatre mots en plus, dit Reine Coulemelle. Cela fait...

Elle avait souri. A cause du mot fiançailles.

Un sourire furtif, lointain – comme le regard, la voix, l'expression.

– Bonsoir, mademoiselle.

– Au revoir, monsieur.

La pendule marquait sept heures cinq.

Chez Pibole, Lepicq ne retrouva pas Farjoux. On l'avait appelé téléphoniquement de Rouen. Ça n'allait pas très bien chez lui. Il avait sauté sur sa motocyclette et était parti. Il priait Me Lepicq de l'excuser.

L'avocat reprit place à la terrasse, commanda un second pernod.

Près de lui s'étaient attablés des jeunes gens : commis bouchers, mitrons, journaliers... Ils avaient fait d'abondantes libations, déjà. Ils étaient bruyants. Le nain excitait particulièrement leur hilarité.

– Voulez-vous parier que je le fais? dit soudain un garçon boucher à la mine empourprée, à la voix pâteuse.

– Chiche que tu ne le fais pas!

Il se leva. Il était haut comme une armoire, et large en proportion. Il remonta son pantalon, pencha un peu à droite, puis à gauche, rétablit l'équilibre et, lourdement, fonça sur Couril. Lorsqu'il parvint sur la même ligne, il fit, d'un revers, voler le chapeau du nain. Ensuite, avec un rire épais :

– Mille excuses, baron!

– Goujat! lança Couril, froidement.

– De quoi? Des insultes?

– Je répète que vous êtes un goujat!

L'autre se montait.

– On a envie d'une raclée? Demande pardon au monsieur, tout de suite!

A la terrasse Pibole, on se tordait.

Très digne, le nain avait ramassé son chapeau, l'époussetait.

Le boucher envoya de nouveau rouler le couvre-chef.

– C'est-il une raclée, que tu veux? répétait-il. Si c'est ça que tu veux, je vais te frotter la couenne! Les gorets, c'est mon rayon!

– Vous êtes plus fort que moi, dit le nain d'une voix calme. Mais je vous préviens dans votre intérêt. Si vous me touchez, je déposerai une plainte.

– Une plainte? Des menaces, maintenant? Répugnant! Malpropre!

D'une main, le boucher saisit le nain au collet, le cloua au tronc d'un marronnier.

C'était pénible. A la terrasse, on ne riait plus. On attendait.

– Puisque les flics ne se décident pas à te coffrer,

je vais t'expédier à l'hôpital, moi! Tu pourras toujours la déposer, ta plainte, après!

– Je vous préviens..., fit le nain d'une voix suraiguë.

– Hep! Hep, là-bas!... Minute!...

Cet appel de Prosper Lepicq suspendit la main du boucher, prête à s'abattre.

L'avocat s'avançait, à enjambées rapides. Le garçon lâcha le nain, qui demeura collé au tronc d'arbre.

– Qu'est-ce que vous voulez, vous?

– Laissez cet homme tranquille. Vous n'avez pas honte?

– Non, mais! De quoi je me mêle!...

– Vous avez bu! Allez vous coucher! fit Lepicq, répétant, sans y songer, les mots mêmes que Zélie, le prenant pour Plainchant, lui avait adressés en réponse au nombre 64.

L'avocat fit vivement un saut de côté. La main du boucher, énorme et rouge, passa à quelques centimètres de son visage. La seconde d'après, le poing de Lepicq atteignait sèchement le menton du costaud, qui s'écroulait...

Il se releva, penaud, frictionnant sa mâchoire passablement démantibulée, et toute velléité belliqueuse éteinte. A la terrasse Pibole, on riait de lui, à présent. C'est toujours sur le dos du vaincu que l'on rit!

– Je vous suis très obligé, mon cher maître, dit le nain, de sa voix douce – sa voix de jadis. Mais il ne fallait pas vous donner la peine...

Après le dîner, Lepicq offrit un digestif à Doré et à Genêtou.

– Monsieur Genêtou, savez-vous si votre sœur est très liée avec Mlle Coulemelle? Elles habitent le même immeuble, n'est-ce pas?

– Oui. Mais elles ne se voient jamais. La Coulemelle n'est pas une fréquentation!

Quelques phrases sur le crime. Le secrétaire, ni le clerc, ne semblaient très chauds. Lepicq parla complaisamment de sa profession, cita des affaires bien obscures, qu'il avait pourtant éclaircies, des cas terriblement épineux, des plaidoiries particulièrement ingrates, qui s'étaient cependant terminées à son honneur, c'est-à-dire au mieux des intérêts de ses clients. Sans vergogne, il faisait l'article. Même, il signalait des circonstances où un coupable avait eu grand tort d'hésiter, de lanterner avant de se décider à lui demander conseil. Le temps perdu ne se rattrape jamais. Ne remettez pas au lendemain ce que vous pouvez faire aujourd'hui. La chance ne frappe pas deux fois de suite à la même porte. L'occasion n'a qu'un cheveu. Tout son discours semblait n'être qu'une insistante paraphrase – à son bénéfice – du slogan lancé par le célèbre Fakir :

Dans l'ennui
Venez à lui.

Il se rendit ensuite à la Patte-d'Oie. Depuis son passage à la poste, il lui était venu une idée au sujet des séances de déshabillage et de rhabillage.

La chambre de la postière n'était pas éclairée. Il était trop tôt.

– Je crois que vous faites fausse route, mon cher maître !

Lepicq sursauta. Dans l'ombre, cette voix douce : Couril !

– Vraiment, vous pensez ?

– Oui. Marchons un peu, voulez-vous ? Je vais vous dire...

Côte à côte, le mince avocat et le nain ventripotent déambulèrent.

– Il y a longtemps que je m'intéresse à Reine Coulemelle..., commença Couril.

– Je m'en suis aperçu!

– Je l'étudie. Vous l'avouerai-je, mon cher maître? Comme vous-même, toutes proportions gardées, je suis un esprit curieux, à l'affût du bizarre, de l'insolite, du singulier...

Par considération pour les longues jambes de Lepicq, Couril faisait de grandes enjambées (grandes pour un nain!). Tandis que Lepicq, par compassion pour la taille si réduite de son compagnon, faisait des pas exagérément courts, de sorte que c'était le nain qui était en avant, qui devait ralentir l'allure.

– Que faire en une petite ville, à moins que l'on n'épie? plaisanta Couril. J'épie. Une petite ville, mon cher maître, quelle merveilleuse ruche à mystères! Chaque fenêtre derrière laquelle brille une lampe propose une énigme! Que de...

« Ah, ça!... Il m'embête! songeait Lepicq. En voilà, un phraseur! »

Ils ne s'éloignaient guère de la Patte-d'Oie. Par la rue du Pot-de-Grès, la rue Gambetta, la rue Gustave-Flaubert, le passage de la Place, le chemin du Guet, la rue des Etourneaux, ils décrivaient un cercle dont l'obscure chambre de la postière occupait le centre.

– Reine Coulemelle – cette coureuse, cette gourgandine! comme ils disent!... Savez-vous pourquoi elle passe tant de temps, le soir, à se parer devant sa glace? Ce n'est pas pour se rendre à des entrevues galantes! J'ai fini par comprendre!

– Moi aussi, je crois que j'ai fini par comprendre.

– Une vieille fille...

– Mais qui vient juste de dépasser la quarantaine! Une femme encore jeune, par conséquent. Et qui vit seule...

– Vous y êtes, mon cher maître! Qui vit seule.

Une timide. Le type réservé – réservé jusqu'à l'effacement.

– Une affaire de complexes!

– De complexes, c'est cela! De refoulement, ainsi que l'on dit dans les livres! Elle n'est pas laide! Elle a un sang qui court, des nerfs qui vibrent...

– Et seule!

– Et qui le sera toujours, mon cher maître! Eh bien... Eh bien – non, justement! Elle n'est pas seule! Enfin, elle l'est sans l'être...

– Juste ce que je pensais, dit Lepicq. Le rêve éveillé. La création de fantômes. Elle est seule... avec des fantômes!

– Exactement! Des fantômes séduisants qui doivent, j'imagine, ressembler à des acteurs de cinéma, à de beaux jeunes premiers...

Ils étaient revenus sur la Patte-d'Oie. La chambre à coucher de Reine Coulemelle était illuminée. La postière ôtait sa jupe de travail, passait une robe de velours orange.

– Quarante ans! faisait le nain. Ce corps inemployé! Ces flambées qui montent au cerveau! L'imagination qui construit un joli songe, et le reprend, le façonne, le met au point, le caresse indéfiniment... Voyez-la! Elle choisit sa plus belle robe, son chapeau le plus mignon, et se farde, se fait belle... pour rêver à des fantômes! Elle s'est créé un monde à part!

« Il n'est pas sot du tout! se disait Lepicq. »

– Une chimérique..., fit encore le nain.

– C'est triste! murmura l'avocat.

– Je n'en suis pas tellement sûr! Elle s'est habituée. Elle a pris le pli. Elle s'est installée dans son rêve! Un rêve qui ne comporte que des couleurs roses! Rien du grisâtre, du décevant de la vraie vie!

Le nain tendit sa main potelée.

– Mon cher maître, je vous souhaite une bonne nuit. Je ne ferai pas de phrases pour vous dire ma gratitude. Votre intervention de ce soir, quand cet ivrogne... Vous m'avez tiré d'une posture ridicule.

– Laissons cela, voulez-vous? Trop heureux d'avoir pu... Allons, bonsoir, monsieur Couril.

La courte silhouette se fondit dans les ténèbres.

Un moment encore, Lepicq observa le manège de la postière. Tout à l'heure, elle allait éteindre, passerait dans quelque boudoir orné de photographies, et, de là, elle partirait, en esprit... C'était là sa façon de courir le guilledou, à cette « dévergondée »!

A moins que...

« – Ma sœur? Elle et la Coulemelle ne se voient *jamais*! » avait affirmé Genêtou.

Et si, au contraire, au troisième étage, chez l'employé du gaz...

L'avocat ouvrit la porte cochère de la rue des Etourneaux, et se posta dans l'escalier à la seconde précise où Reine Coulemelle soufflait sa lampe. Il attendit un long moment.

La porte de l'appartement de la postière demeura close.

Avec précaution, en frôlant la muraille pour éviter de faire craquer les marches, Lepicq redescendit.

Comme il était sur le point de regagner l'hôtel Pibole :

– Maître..., chuchota une voix née de l'ombre.

C'était Couril – encore!

– Pouvez-vous me donner cinq minutes? J'ai quelque chose qui vous intéressera.

– Une heure! Toute la nuit si vous voulez!

– Nous allons passer chez moi.

Le mobilier était à l'échelle du nain : sièges à ras

de terre, table-lilliput, meubles-poupées, une horloge Tom-Pouce, et quantité de bibelots. Le tout fourbi, ciré, frotté, astiqué, net et luisant.

Dans un tiroir, Couril prit une enveloppe qui ne portait aucune suscription. Il l'ouvrit, en fit couler trois brins de laine bleue qu'il remit avec solennité à Lepicq.

– Qu'est-ce que c'est?

– Cela vous permettra peut-être de découvrir l'assassin de Jaufre.

L'avocat le fixa.

– J'ai vu l'assassin, dit le nain, de sa voix douce.

– Fichtre! Qui est-ce?

– Une femme. Voilà tout ce que je sais. Le soir du crime, vers neuf heures, je me promenais. Du fond de la rue du Marché-Couvert on aperçoit les derrières de la maison de Jaufre. Je me trouvais là, précisément. J'ai vu la porte de la cuisine du vieux s'ouvrir, et une femme se glisser dans la cour, la traverser, pousser le portillon à claire-voie qui donne sur l'extérieur. Cette femme avait jeté un fichu sur ses cheveux et se tenait courbée. Je n'ai pu distinguer ses traits, ni même me faire une idée de son âge. Elle doit être encore jeune, car ses mouvements étaient rapides – si rapides qu'elle a accroché sa jupe au portillon : elle l'a saisie et a donné une secousse. Une minute après, elle avait disparu!

– Et vous ne vous êtes pas élancé sur ses traces?

– Pourquoi l'aurais-je fait? Je n'avais aucune raison de songer qu'un crime venait de...

– C'est exact!

– Sur l'instant, je n'ai attaché aucune importance à ce que j'avais vu. Je n'ai remarqué les détails que je viens de vous donner que parce que je suis, ainsi que je vous le disais tout à l'heure, un esprit curieux, et que la vie de province, si peu riche en événements, finit par vous rendre observateur! Le fait de voir une femme sortir, en catimini, à une telle heure, de chez Jaufre, qui ne recevait strictement que Barnabé, m'a paru cocasse, d'autant plus qu'il n'y avait aucune lumière chez le vieux! Mais, le lendemain, lorsque j'ai appris le meurtre!... L'assassin ne pouvait être que la femme. Elle avait attendu les ténèbres pour s'esquiver. Je me suis immédiatement rendu près du portillon à claire-voie. Il ne tient plus, il a été rafistolé avec du fil de fer, et il est hérissé de clous rouillés. C'est entre deux de ces clous que j'ai trouvé ces brins de laine.

Lepicq approcha de ses prunelles cet indice matériel d'une valeur considérable.

– Pourquoi n'avoir pas informé la Justice?

– Je ne suis pas un indicateur! Ni un « *Ami de la Vérité* »! Pour moi, que Jaufre soit vivant ou mort... Et pour l'intérêt que je porte aux policiers!

– Mais Barnabé!... D'un mot, vous pouviez le tirer de prison!

– Il est aussi bien là qu'ailleurs!

– Enfin, l'accusation qui pèse sur lui... Voyons, monsieur Couril!

Le nain eut un geste vague. Barnabé, Jaufre, la femme meurtrière, Criquebec et les Criquebecquais... Il confondait tous ces fantoches dans le même mépris.

Lepicq pressentit, chez cet être disgracié, un tel fond de misanthropie, une telle épaisseur de dégoût, tant de rancœur, qu'il fut péniblement impressionné.

– Mais vous-même, monsieur Couril! Les insinuations auxquelles on s'est livré sur votre compte? Les lettres anonymes?

Nouveau geste vague, suivi d'un ricanement.

– On ne peut pas prouver que je suis l'auteur du meurtre, n'est-ce pas, puisque c'est faux ! Alors ! Les sabbats ? Le guilledou ? Cela, c'est affaire de vie privée ! Je ne prends pas les femmes de force ! Par conséquent...

Il retrouva sa voix douce :

– Je me suis résolu à vous révéler cela, mon cher maître, et à vous remettre cet indice, par sympathie. Je ne dis pas : gratitude pour le service que vous m'avez rendu ce soir. Je dis : sympathie.

– Je vous remercie très vivement.

– Sans doute comptez-vous informer la police ? Cela me gênerait d'être mêlé... Le juge me demanderait compte de mon silence. Les gens me persécuteraient un peu plus. Ces brins de laine, ne pourriez-vous dire que vous les avez trouvés vous-même ?

– Entendu ! Je compte m'occuper à fond de cette affaire. Aussi, je demeurerai muet le temps qu'il faudra. Et, lorsque je parlerai, il ne sera pas question de vous. Je garderai pour moi tout le mérite...

11

LE PROFESSEUR ALFA

Le Professeur Alfa ouvrit une enveloppe portant le cachet de la poste de Criquebec. Il en tira deux feuilles de papier. Vingt lignes d'une écriture féminine, haute et anguleuse, couvraient la première feuille. La seconde, pliée en huit, contenait, blanche sur du noir de fumée, l'empreinte d'un index, une mèche de cheveux noués d'une faveur, et un petit carré de tissu marron.

Un sourire éclaira le visage de l'énigmatique Professeur.

Le bureau n'avait rien de mystérieux. Point de masques, point de chouette, apprivoisée ou non, point de crâne, point de figures magiques. Des classeurs, des dossiers. Derrière une table de verre se tenait une jeune fille blonde : la dactylo.

Le Professeur Alfa alluma une cigarette, lut la lettre de Criquebec, ses paupières à demi closes. Ensuite, il feuilleta un traité élémentaire d'astrologie.

– Une réponse particulière. Vous êtes prête, mademoiselle Myra?

– Oui, monsieur.

– Je dicte.

Horoscope partiel dicté par le Professeur Alfa à Mlle Myra. Secretary.

« Ce jeudi, heure sidérale 14.22'

« Chère Madame,

« Je me fais un réel plaisir de vous donner ici l'étude précise de votre nativité, que je viens de terminer. Votre personnalité est marquée par de grandes qualités : vous êtes courageuse, audacieuse et ne manquez pas d'ambition. Votre esprit vous permet une vive perception des choses artistiques. D'un tempérament motif mental très élevé... »

Le Professeur s'interrompit pour étouffer un bâillement.

– Nom d'un chien! Quelle chaleur!

Il alla à la fenêtre, se pencha sur le boulevard Saint-Germain, d'où montait un vacarme : appels des trompes d'autos, cris des freins des autobus.

Le Professeur recommença de dicter :

« Toute femme est désireuse, et avec raison, d'obtenir des éclaircissements sur toutes les questions importantes qui l'intéressent. L'étude approfondie des cheveux et de l'empreinte digitale que vous m'avez adressés me met à même de vous dire que vous êtes sous l'influence dominante du Pôle Austral. L'Irradiation Magnétique de votre Cercle Antarctique et les réactions de la Neige Magique aimantée en fonction de votre Soleil, indiquent que vous triompherez de votre ennemie. »

Ce galimatias répondait à des demandes adressées au Professeur par Angèle Frelasset, la bouchère. Ces demandes étaient les suivantes :

« *Pouvez-vous, Monsieur le Professeur Alfa, anéantir le commerce d'une personne qui me veut du mal? Les cartes m'ont déjà annoncé qu'un traître cherchait à me nuire, et je suis bien convaincue que c'est cette personne-là. Elle est pharmacienne. Son prénom est Aimée. Je puis vous dire que c'est une femme de mauvaises mœurs, qui trompe son mari! Ce n'est pas un on-dit! Moi qui vous parle, j'ai pu constater le manège! Si vous pouviez faire arriver un bon accident à cette femme, j'en serais bien contente.*

« *Je serais bien contente aussi si vous pouviez me faire gagner un lot important à la Loterie Nationale. Je dois vous avouer que j'ai consulté d'autres Fakirs avant vous, mais, jusqu'ici, je n'ai rien gagné, malgré que je prenne à tous les tirages, et jusqu'à cinq billets, des fois. Rien n'y fait! J'ai pleine confiance en vous. Quels numéros dois-je choisir, et quels jours dois-je acheter les billets?*

« *Pourriez-vous aussi me faire augmenter mon chiffre d'affaires? Mon commerce est certainement le meilleur commerce de viande de la ville. Mais j'aimerais me retirer pour aller vivre à Paris. Autre chose : mon mari fréquente le café pour jouer aux cartes, comment le guérir de ce vice?*

« *Pour la femme en question, la pharmacienne, je vous envoie un morceau de tissu que j'ai pris sur une vieille robe dont elle a fait des chiffons. Je pense que cela pourra vous être utile. Demandez-moi tous les renseignements que vous avez besoin. Récemment il y a eu un crime dans cette ville. Est-ce que cette personne n'y serait pas pour quelque chose ?*

« Si vous pouvez me répondre favorablement à ces questions, je saurai vous récompenser; vous n'aurez pas à vous plaindre de moi. »

A Criquebec, Prosper Lepicq sortait de chez Mme Frelasset.

Il avait entrepris une série de visites. Le tour du « Cercle de Famille ».

Rien à tirer de son passage chez la bouchère. Elle l'avait assommé de propos sur les tarots, les taches d'encre, etc... Dans la matinée, les épingles avaient dessiné un M et un H. H signifie : « *Ne buvez rien chez vos ennemis.* » M : « *On en veut à vos jours.* » La bouchère était sûre que ces avertissements concernaient quelqu'un d'autre qu'elle. Ils étaient à l'extérieur d'un vaste ovale. « *Ne buvez rien... On en veut à vos jours.* » Quelle pouvait être la personne menacée ?

En revanche, ce qui se trouvait à l'intérieur de l'ovale intéressait au premier chef la bouchère. Deux carrés irréguliers : un grand et un petit. Signification : *On empêche votre réussite !* Elle savait d'ailleurs cela de longue date. Les épingles ne le lui apprenaient pas. Elle savait même qui : Aimée Gentil ! Mais patience ! Rira bien qui rira le dernier !

En bavardant, elle jouait avec un énorme portefeuille, de ce modèle impressionnant que les maquignons, sur les champs de foire, tirent de leurs immenses poches. Le portefeuille était gonflé de billets – et pas des petits ! L'alimentation, c'est encore ce qui marchera toujours. On pense à son ventre, d'abord !

Elle avait offert le café à l'avocat. Un bon café-filtre.

A la façon dont elle appuyait sur le F de filtre, on

avait l'impression qu'elle disait : « – Un bon café-philtre... »

Le professeur Alfa dictait à Mlle Myra (Secretary) (heure sidérale 14.40') la suite de l'Horoscope partiel de la bouchère.

« *Ce que vous me demandez est parfaitement possible. Je puis réduire votre ennemie à l'impuissance, la brouiller avec les personnes qui écoutent ses racontars, l'obliger à quitter le pays, faire péricliter son commerce... J'ai un talisman merveilleux dont je ne puis parler dans mes notices : si l'antagoniste résiste, c'est la maladie lente et grave, et quelquefois pis, pour lui. Il vaut 500 francs. Ce prix n'est élevé qu'en apparence. La rareté du talisman et son efficacité certaine le justifient, et au-delà. En ce qui concerne les* Travaux Occultes à Forfait *que vous me demandez, il m'est difficile de vous préciser la somme avant d'avoir étudié à fond les modalités de l'exécution. Je vois chez votre ennemie une conjonction Mars-Lune qui la protège fortement. Mais Vénus est son point faible, nous l'atteindrons par là. A titre d'indication, je vous informe que le tarif pour le* travail complet tel que vous le désirez *ne saurait être inférieur à une dizaine de mille francs. Ce n'est pas à une personne comme vous et de votre intelligence que j'ai besoin de souligner les* DIFFICULTÉS FORMIDABLES *de cette affaire. Mais la réussite est assurée. Je me contenterai d'ailleurs d'un versement préalable de la moitié de la somme : soit cinq mille francs.* »

La missive s'acheva sur une série de questions insidieuses touchant le crime mentionné par la bouchère.

Lepicq passa chez la Vasseur. Assise sur cet escabeau de quatre marches qu'elle montait cinquante fois par jour, la directrice de la *Taille de Guêpe* lui expliqua que les sept lettres grecques formant le mot magique *Abraxas* donnent le nombre 365 : autant qu'il y a de jours dans l'année! Le soleil, dit-elle ensuite, était le symbole de l'infini et du nombre 10. Le nom de l'Empereur Néron César, écrit en hébreu ancien, donne 666, c'est-à-dire le chiffre de la Bête de l'Apocalypse. Familièrement, Lepicq avait appuyé son coude droit sur l'épaule d'une charmante jeune fille au buste épanoui. De la main gauche, il caressait la taille de cette agréable personne, qui ne réagissait pas. Il faut dire qu'elle était en bois : c'était le mannequin sur lequel la Vasseur essayait ses corsets.

Une dame d'âge mûr entra. Elle voulait des bas spéciaux contre les varices. Lepicq s'éclipsa.

Un moment, il arpenta la Place, où des gamins s'évertuaient à mettre le feu à divers morceaux de papier, fétus de paille, poils de la main, au moyen d'une loupe.

Une robe bleue...

Lepicq n'en avait vu ni à la Vasseur, ni à la Frelasset. Ni, il va de soi, aux Maisondieu! La question ne se posait pas pour elles : vingt-quatre ans qu'elles n'avaient pas quitté le noir! Là-dessus, Lepicq avait tiqué. « Et si, précisément, pour ne pas risquer d'être reconnue, l'une ou l'autre des sœurs avait mis une robe bleue? »

Il poursuivit sa récapitulation.

Reine Coulemelle possédait deux robes bleues. Mme Gentil, une. Noémi, aucune (à sa connaissance). Zélie portait parfois une robe bleue. Quant à la veuve Angat, elle avait naturellement toujours du bleu sur elle, le bleu étant la couleur de Jupiter.

Mais il y avait deux cents femmes à Criquebec. Dans quelle penderie, au fond de quelle armoire ou de quelle malle pouvait être cachée la jupe à laquelle les clous du portillon avaient arraché trois brins de laine ?

Lepicq entra au *Désir de Contenter*. Son plan était d'attaquer sans circonlocutions la question des messages en chiffres. Mais un sentiment complexe le retint.

Un gamin et une gamine survinrent. Ils tenaient leurs doigts serrés crochus sur des sous. La petite désirait un sucre d'orge.

– De quelle couleur le veux-tu ? Rouge ? Bleu ? Jaune ? Vert ?

– Celui le plus sucré, s'il vous plaît, mademoiselle, balbutia la fillette intimidée par la présence de l'avocat.

C'était des verts que Zélie avait le plus : elle donna un sucre d'orge vert.

Le petit demanda un pétard. Eux aussi, les tubes détonants étaient colorés.

– Tu le veux de quelle couleur ?

La couleur importait peu à ce jeune citoyen.

– Celui qui pète le plus fort !

C'était des jaunes que Zélie avait le plus : elle donna un pétard jaune.

Puis elle leva vers l'avocat ses yeux innocents.

– Je suis venu vous demander, mademoiselle Beluge...

Elle souriait...

Non, décidément, poser la question relative aux messages chiffrés n'était pas possible. Pas maintenant...

Sur la Place, les garnements poussèrent des braillements enthousiastes : ils venaient, avec leur loupe, de réussir à griller les ailes d'une mouche ! Ils allaient maintenant tâcher de faire son affaire à une araignée.

– J'aurais besoin d'une loupe, mademoiselle, dit Lepicq.

– Certainement, maître. J'ai trois numéros.

– Je prendrai le numéro le plus fort.

L'Offre humanitaire publiée dans la *Gazette d'Yvetot* avait valu au Professeur Alfa quantité de demandes d'horoscopes. Mais, seules, les lettres arrivant de Criquebec retenaient l'attention du fakir.

« *Je suis seule et j'ai soixante ans,* écrivait une femme. *J'ai un peu de quoi, ayant travaillé toute ma vie et mis de côté. Un jeune homme m'a demandé ma main en mariage. Il a vingt-cinq ans. Dois-je accepter? Est-il sincère, ou est-ce par intérêt?* »

– Mademoiselle Myra, disait le Professeur, envoyez l'Horoscope partiel numéro 4. Proposez le Talisman numéro 12. Et vous ajouterez la phrase suivante :

« *Je vois qu'il vient de se commettre un crime dans votre ville. Je ne l'ai pas appris par les journaux; depuis plus de dix ans, pour des raisons d'ordre hermétique, je me suis formellement interdit d'ouvrir un journal. Ce drame m'a été révélé par les Astres, alors que je m'occupais à établir la construction de votre Ciel Astral actuel. J'ai certaines raisons de redouter que des ennuis pourraient résulter pour vous de ce meurtre, malgré que vous n'y soyez pour rien. Dans votre intérêt, vous agirez sagement en me donnant sur cette affaire toutes les observations que vous avez pu faire, les renseignements que vous avez pu recueillir, même les racontars qui vous sembleraient insignifiants. Cela me sera utile dans les recherches astrologiques que je me propose de faire pour vous être utile.* »

– Vous soulignerez « *Dans votre intérêt* », je vous prie, mademoiselle Myra.

« *J'ajoute que la discrétion la plus absolue vous est garantie. Je ne conserve jamais une lettre.* »

– Soulignez : « *jamais* », mademoiselle Myra.

Le Talisman numéro 12 était désigné : « ASTRAL FASCINATION ALFA » et accompagné de ce commentaire : « *Poudre importée de l'Alaska. Donne au regard éclat, profondeur, charme attractif. Valeur : francs* 125. » L'Horoscope partiel numéro 4 se terminait ainsi que suit : « *Le montant de mes honoraires pour une Etude complète très détaillée est fixé à : francs* 150. *Bien que ce prix soit tout à fait minime, comme votre cas est un des plus intéressants que j'ai eu à étudier, je vous ferai profiter d'un prix de faveur de cinquante francs seulement, à condition que votre réponse me parvienne d'ici huit jours au plus tard.* »

Le Professeur ouvrit une autre lettre :

« *Je désirerais connaître l'emploi des soirées d'une jeune fille que j'aime et avec qui je me suis fâché parce qu'elle a fait le mois dernier au bal de la Kermesse une connaissance, et maintenant on les voit souvent ensemble, ce qui ne me plaît pas; elle s'appelle Jeanne; pouvez-vous me dire, d'après son écriture, jusqu'où la chose a été et si cette jeune fille a des relations avec cette connaissance?* »

– Mademoiselle Myra, envoyez l'Horoscope partiel numéro 5, proposez le Talisman numéro 9, et ajoutez la phrase au sujet du meurtre de Criquebec.

– Textuellement ?

– Textuellement. Gardons-nous de faire de l'originalité !

L'Horoscope numéro 5 se terminait exactement comme l'Horoscope numéro 4 : « *Mon prix est de* 150 *francs. Mais votre cas est un des plus intéressants...* 50 *francs seulement...* » Le Talisman numéro 9, une plaquette sur laquelle était gravée une formule magique d'amour, était dénommé AZILUTH MAGNÉTIQUE ALFA. Prix : francs 100.

Une autre lettre. Navrante.

« *Malade, sans argent et venant de perdre mon travail, je me désespère et je me laisse aller. J'ai des pensées de suicide. J'ai besoin de secours moral. Je ne croyais pas qu'après avoir travaillé aussi durement pendant quatorze ans j'allais être récompensée par la perte de ma santé. Mon mari est mort dans des circonstances atroces, et j'ai un enfant qui dépérit faute d'une bonne nourriture. J'ai un chagrin mortel, j'ai mal partout. Monsieur le Professeur Alfa, je vous en supplie, ne m'abandonnez pas, venez à mon secours. Si vous saviez combien j'ai confiance en vous. Dites-moi quelle somme je dois vous envoyer, et je le ferai si je peux.* »

Le Professeur Alfa ne devait pas être un mauvais homme. Il secoua mélancoliquement la tête. Mais les affaires sont les affaires, et gardons-nous de l'apitoiement comme de l'originalité !

– Envoyez Horoscope partiel numéro 8, proposez Talisman numéro 20.

– L'Horoscope numéro 8 manque, en ce moment, monsieur. L'imprimeur devait livrer hier...

– Envoyez le numéro 9.

L'Horoscope partiel numéro 9 – valeur : francs 60 – était finalement offert – prix d'ami – pour la somme de vingt francs. Et le Talisman numéro 20 : TAUREAU ZODIACAL ALFA, se faisait fort de vous procurer « *chance, fortune, situation merveilleuse et inespérée, santé robuste* », le tout pour la bagatelle de vingt-cinq francs.

– J'ajoute la phrase relative au crime ?

– Bien entendu, mademoiselle.

– Vous ne devineriez jamais, mademoiselle, ce que je suis venu vous demander !

Dieu ! qu'il faisait sombre, chez l'aînée des Maisondieu.

L'appartement était bourré d'un mobilier ancien accumulé par des générations de Maisondieu. Dans la pénombre créée par des tentures épaisses et tirées de manière à ne laisser que parcimonieusement entrer la lumière, des portraits accrochés aux murailles faisaient penser à de sévères fantômes. C'étaient les Maisondieu défunts, tous ceux qui avaient contribué à l'établissement, à l'enrichissement, à l'embellissement de la vaste maison. Celui-ci avait apporté deux tables, une armoire, un lit, une horloge. Celle-ci, un bahut, une opulente batterie de cuisine, des draps, des nappes, une horloge. Cet autre, des vases, des tapis, des livres de Droit (c'était Hippolyte Maisondieu l'avoué), une pendulette et son globe de verre, une horloge. Cette autre, des images pieuses, de très vieilles assiettes fleuries qui valaient une belle somme, des chenêts de fer artistiquement forgé, une horloge.

Chacun avait apporté son horloge, le même modèle rustique, à poids, enfermé dans une haute gaine de planches. Il n'y avait que le bois qui changeât : tantôt noyer, tantôt cerisier, tantôt chêne. A chaque mariage avait correspondu l'arrivée d'une horloge. Il y en avait dans toutes les pièces. Souvent deux dans la même pièce. Ainsi du haut en bas de l'immeuble. Toutes ces horloges marchaient. Chaque samedi, Amandine les remontait, soigneusement. La maison, pleine de tic-tac, semblait n'être elle-même qu'une gigantesque machine à égrener le temps.

Amandine Maisondieu posa son ouvrage de tricot.

– Et qu'êtes-vous venu me demander, maître?

– Une consultation! Cela vous ennuierait-il de me faire la lecture des lignes de la main?

Une puissante odeur de naphtaline flottait. Les armoires étaient pleines de reliques : vieux manteaux, antiques chapeaux à plumes; il fallait sauver tout cela des mites, des larves. Rien de ce qui avait appartenu à un Maisondieu, de ce qui avait été légué par un Maisondieu, de ce qui rappelait un Maisondieu ne devait être abandonné à la destruction. Amandine était la vigilante gardienne des reliques Maisondieu. Chaque mois, elle passait l'inspection, fourrait des boules de naphtaline dans les tiroirs, sous les piles de linge...

Elle avait saisi la main gauche de l'avocat avec une avidité contenue; elle l'avait posée précautionneusement, comme un objet infiniment fragile, sur un guéridon, et elle s'était penchée, elle l'avait pour ainsi dire flairée. Inutile d'augmenter l'écartement des tentures : en province, à force de reculer jusqu'à la dernière limite l'instant d'allumer les lumières, chacun devient un peu nyctalope!

Elle dit, de sa voix masculine :

– Dans votre enfance, vos jours ont été mis en danger par une maladie grave.

– C'est exact. La typhoïde. J'avais 13 ans.

Une frange d'ombre faisait au visage incliné d'Amandine un collier de barbe!

Lepicq songeait que, depuis la typhoïde, ses

jours avaient été bien souvent mis en danger. Pas par des maladies! Par des coups de revolver, des coups de couteau...

Sur la Place, il faisait très chaud. Ici, il faisait frais. Presque froid.

Les doigts osseux d'Amandine appuyaient sur la paume de Lepicq, pressaient sur le Mont de Mars, le Mont de Vénus, le Mont de la Lune, s'attardaient dans le Grand Quadrangle, s'immobilisaient dans l'Angle Suprême formé par les lignes de Tête et de Vie.

Elle releva son visage terreux.

– Vers la cinquantaine, je prévois un accident intéressant les membres inférieurs.

– Maladie?

– Je ne crois pas.

– Accident?

– Blessure, plutôt. Je vois une coupure nette. Craignez les poignards, les haches, les faux : tous les instruments tranchants.

Elle le fixait intensément. Ce devait être avec un tel regard et sur ce ton funèbre qu'Amandine Maisondieu, un jour, entre chien et loup, avait confié à la veuve Angat : « Un accident cardiaque emportera bientôt votre mari. »

Elle était en noir, comme toujours. Tous les Maisondieu que l'on voyait sur les portraits étaient en noir. Le papier de tapisserie était foncé – et sombres les tentures, sombre le tissu dont étaient tendus les fauteuils.

Lepicq songeait que, peut-être, au fond de l'une de ces armoires, il y avait une robe de laine, une robe bleue...

– Les journées doivent vous paraître longues, parfois, mademoiselle? fit-il, lorsque la consultation fut terminée.

– Pourquoi? demanda-t-elle simplement.

– Vous vivez si retirée...

– Je me trouve très bien seule. Je ne suis pas de ceux qui ont besoin de la compagnie des autres.

– Mademoiselle votre sœur s'est installée depuis longtemps dans sa maison près de l'église?

– Depuis le décès de nos parents, il y a vingt-quatre ans. Chacun chez soi, n'est-ce pas? C'est tellement mieux!

Vingt-quatre ans, seule, à avoir dans l'oreille cet innombrable tic-tac des horloges...

Lepicq se sentait glacé.

Il ne tarda pas à se retirer et monta chez Clémence.

Les pieds sur une chaufferette, elle grelottait.

– Je crois que j'ai la fièvre. J'ai fait un vilain cauchemar. J'étais à Yvetot. Tout d'un coup, je tombe sur Andréa Gauric, la maîtresse d'école. Pour mieux dire, je tombe sur la tête d'Andréa : cette tête avançait, par petits sauts, sur le trottoir. « Et où vous rendez-vous comme ça, ma pauvre? je dis. Vous rendez-vous compte que vous avez laissé votre corps en route? Vous êtes folle! – Je vais chez ma modiste, me dit Andréa. J'ai laissé mon corps à la maison. Pourquoi l'aurais-je traîné jusqu'ici, je n'en ai pas besoin, puisque je vais essayer un chapeau! J'ai bien assez de ma tête! – Mais, malheureuse, vous vous promenez entre les jambes des gens! Quelqu'un va vous marcher sur une joue! je dis – Pensez-vous, dit-elle. Les gens regardent où ils mettent les pieds! Et, d'abord, ici, tout le monde me connaît! » Je voudrais bien savoir, acheva Clémence, ce que ce rêve peut vouloir dire! Je n'ai rien trouvé dans la Clé d'Or des Egyptiens.

La maison était beaucoup plus petite que celle de la Place, et sommairement meublée. On recueillait un sentiment de provisoire. Comme si Clémence eût simplement « campé » ici, attendant la mort d'Amandine, le moment où elle pourrait descendre sur la Place, entrer dans la « vraie » maison des Maisondieu, en prendre possession, s'y installer. Vingt-quatre ans que ce provisoire durait, qu'elle patientait, jupe retombée autour de la chaufferette qui ne l'empêchait pas de frissonner, en dépit des canicules. Vingt-quatre ans qu'elle tenait ses regards rivés à la croisée d'où l'on apercevait un banc de pierre, les trois marches de l'église, la pompe de Lecorbin, dont personne ne se servait, et la rue qui descendait à la Place...

Ici, il n'y avait pas quantité d'horloges. Simplement, sur la cheminée, dans un angle sombre, une pendulette. En revanche, Lepicq voyait, couchés sur des coussins, sur des sièges, un nombre invraisemblable de matous et de chattes. Ces bêtes étaient empaillées. Le naturaliste les avait fixées dans l'attitude du repos. Tous les chats que Clémence avait élevés, choyés, sa vie durant!

Le tic-tac de la pendulette était si discret qu'on ne l'entendait pas.

– Je n'ose plus regarder l'heure! J'ai peur de penser que la nuit approche, qu'il va falloir se mettre au lit, s'endormir, et rêver. Je me demande toujours quels cauchemars je vais faire. C'est surtout l'hiver que c'est terrible : les jours sont si courts!

En bas, l'odeur de naphtaline. Ici, une odeur de pharmacie. Sur une table, à portée de la main, Clémence gardait en permanence des médicaments : gouttes, granulés, pilules, potions...

Son visage était plus fatigué, plus fripé encore que d'ordinaire.

Lepicq songeait toujours à la robe de laine bleue.

– L'idée de vivre avec mademoiselle votre sœur ne vous plairait pas?

– Ce ne serait pas possible. Nous nous aimons

bien, mais à la condition de ne nous voir que comme ça, en passant!

« Tiens! se dit Lepicq, ils ne sont pas tous empaillés! »

Un des matous venait de relever la tête, bâillait, s'étirait. Il était maigre, de pelage triste.

– J'en ai huit de naturalisés, dit Clémence, et trois de vivants. Quand je dis vivants... Ils font comme moi : ils se traînent!

Son visage prit à la fois une expression mystérieuse et effrayée.

– Chez la veuve, on se moque de mes peurs. Mais, moi, je sais!

Du murmure, elle passa au chuchotement :

– Je suis sûre que quelqu'un cherche à m'empoisonner, à petit feu. J'ai l'impression que même l'air que je respire contient du poison. Mes chats sont malades tout comme moi! Un jour, on trouvera la preuve...

– Peut-être n'aérez-vous pas suffisamment?

– Je garde mes fenêtres fermées le jour, pour avoir moins de bruit, mais je dors toutes les nuits la croisée grande ouverte derrière mes persiennes!

Elle prit une pilule.

– On vous verra, dans un moment, chez la veuve?

– Certainement, dit l'avocat.

– Alors... A tout à l'heure.

Lepicq passa à *La Fine Lame.*

Plainchant lui montra le modèle de couteau dont on s'était servi pour assassiner Jaufre.

– J'en vends plus d'un cent dans l'année! Aux gens de Criquebec, aux paysans des villages. Et j'ai des revendeurs qui m'en placent sur les foires, les marchés...

Il fit voir à l'avocat une douzaine de couteaux si minuscules qu'ils pouvaient, ensemble, loger à l'aise dans un noyau de cerise.

– C'est de ma fabrication. Je fais ça pour me distraire.

Ils étaient miraculeux, ces couteaux! Pas plus gros qu'un grain de mil. Et chacun avait sa lame, fixée par une goupille au manche à rainure! Ils s'ouvraient et se fermaient! Ils étaient si incroyablement légers qu'il fallait prendre garde à ne pas respirer trop fort, ils se seraient envolés! Lepicq les examina avec la loupe numéro 3 qu'il avait achetée au *Désir de Contenter*.

Il commençait à être fatigué de toutes ces visites. Il renonça, pour le moment, à passer chez le docteur Pouacre. Il avait eu, à plusieurs reprises, l'occasion de bavarder avec le médecin lymphatique. Pouacre ne cessait de parler maladies – mais c'était de *ses* maladies qu'il parlait! On avait le sentiment que les rôles étaient renversés, que le docteur vous demandait une consultation et que, lorsqu'on se séparerait, il mettrait la main au porte-monnaie et vous demanderait : « Combien vous dois-je, docteur? » Ce Pouacre, si blanc, si mou, avec ses trois poils blonds sur le thorax...

Lepicq alla saluer la veuve Angat.

Elle buvait de la tisane de bourrache – plante éminemment favorable aux jupitériens.

– Je ne vous en offre pas une tasse, maître? Je suppose que vous préférez votre apéritif! Vous avez bien raison!

– Je dois vous avouer que...

Ils riaient. La veuve était une personne reposante, auprès de laquelle on se sentait porté à prendre la vie par le bon côté.

– L'érection de votre ciel de nativité sera bientôt chose faite, mon cher maître. J'ai déjà noté des choses intéressantes.

– Et dans l'ensemble?

– C'est plutôt bon. Vous avez en Maison I une

conjonction Soleil-Mars, appuyée par Mercure en exaltation, qui...

– Quel mal vous vous donnez !

– Mais pas du tout ! C'est un plaisir ! Ah !... Une question ! N'avez-vous pas eu le malheur de perdre très tôt vos parents ?

– Hélas, si !

– Je l'aurais juré ! Saturne et la Lune en quadrature dans la Maison VIII...

Lepicq, à la terrasse de l'établissement Pibole, s'installa devant un alcool.

Le « tour de ville » qu'il venait de faire ne lui avait rien appris. Il n'était pas déçu : il n'espérait apprendre rien de précis. Il avait évité toute question, voire toute allusion au meurtre. Seul, Plainchant avait effleuré le sujet, à propos du couteau. Lepicq ne lui avait pas donné la réplique. Il ne tenait pas à parler du crime ! Voir des gens. Voir leur intérieur, surtout. Les épier dans la lumière ou la pénombre de chez eux, surprendre cette légère différence qu'il y a toujours entre tels gestes, telles attitudes, telles intonations et ces mêmes gestes, ces mêmes attitudes, ces mêmes intonations, selon que l'on est chez soi, ou dans la rue, ou chez les autres... Connaître les individus par le décor qu'ils se sont donné, déterminer leur caractère par la couleur de leur papier de tapisserie, leur mobilier, leur goût des tapis, ou leur passion pour les parquets cirés.

Le regard, le sourire candides de Zélie débitant ses pétards, ses sucettes ! La rouge bouchère et son portefeuille bourré de gros billets ! La Vasseur, dont le magasin était si banal qu'il n'avait laissé dans le cerveau de Lepicq qu'une image : la jeune fille de bois, le mannequin à essayer les corsets ! L'austérité glacée de la Maison Maisondieu. Le caractère si paradoxalement provisoire de l'installation de Clémence, et cette assemblée de minets dont on ne pouvait distinguer ceux qui vivaient de ceux qui étaient morts, ceux qui ne dormaient que d'un œil, pour cinq minutes, de ceux qui dormaient sur leurs deux oreilles, pour l'éternité! Médéric Plainchant... Ses microscopiques couteaux, ses couteaux-duvet, qui couchaient à douze dans un noyau de cerise, et s'envolaient sur votre haleine...

Lepicq dégustait son « Trois-Etoiles », pour la plus grande joie de son palais et le plus grand dommage de son foie, avec l'assentiment de sa conscience. Une voix lui disait qu'il n'avait pas perdu son temps.

Il y eut même une seconde aiguë, un de ces fugaces instants de lucidité sublimée au point de friser la divination, où l'avocat sentit avec une extraordinaire violence qu'il était passé à moins que rien, à un souffle de la vérité, que quelqu'un, d'une phrase sans rapport avec le crime, lui avait offert la clef, l'avait conduit tout au bord de l'explication...

Mais quelle phrase?

« Au fait, se dit-il. J'ai encore une visite à rendre! »

Par la rue du Marché-Couvert, il gagna la cour de la bicoque de Jaufre. La porte de la cuisine n'était pas fermée à clef – il le savait. Il entra dans la maison.

C'était au mort qu'il venait rendre visite. Au fantôme de Jaufre.

Sans toucher à quoi que ce fût, il traversa les pièces : la salle à manger, le bureau, la bibliothèque, la chambre. Une épaisse couche de poussière recouvrait le mobilier moisi, les bouquins cornés. Dans la chambre, une guêpe prisonnière zigzaguait, vrombissait. A cause de la rapidité de son vol, et de la lumière trop vive, on ne la voyait pas,

– ou guère ! On songeait à une petite âme irritée...

Le Professeur Alfa continuait de dépouiller le volumineux courrier arrivé de Criquebec.

Une lettre de Fernande Vasseur. La dévote des nombres insistait auprès du fakir pour qu'il étudiât son cas spécialement du point de vue chiffres – favorables ou néfastes. Elle demandait en outre le moyen de rendre doux un mari brutal. Le Professeur lui fit expédier par Mlle Myra (Secretary) l'Horoscope partiel numéro 6, offrir le Talisman numéro 17 : SPHINX DES GLACES, et poser la question relative au crime.

Une lettre de Zélie Beluge. Elle souhaitait du fakir, avant tout, qu'il lui indiquât sa fleur favorable.

– Horoscope partiel numéro 11 ; Talisman 11 : GRAND CERCLE ARCTIQUE, et la question relative au crime.

Une lettre de Médéric Plainchant. Devait-il ou non céder son magasin ? On lui avait fait une offre. Il hésitait. De plus, il songeait à se marier. Mais, à son âge, n'était-ce pas une sottise ?

– Horoscope partiel numéro 8.

– Le 8 manque, monsieur.

– Donnez le 7. Talisman : L'ANNEAU LAPON. Et la question relative au crime.

Une lettre d'Amandine Maisondieu. Elle demandait la date de sa mort. Et la date de la mort de sa sœur.

– Horoscope numéro 4. Talisman : SOLEIL DE MINUIT. Et la question...

Une lettre de Clémence. Elle demandait l'explication de deux cauchemars, un talisman contre les songes néfastes, un autre contre les poisons, et la date de sa mort – ainsi que la date de la mort de sa sœur.

– Horoscope numéro 5. Talisman : LA NEIGE MAGIQUE. Et la question...

Une lettre du docteur Pouacre. Il s'inquiétait. Pour sa santé. Demandait un traitement psychique.

– Horoscope numéro 7. Talisman : AUSTRAL ROBUR ALFA. Et la question...

Une lettre de Francis Couril. Le nain demandait une méthode pour développer la volonté, l'audace. « *Existe-t-il réellement un moyen de devenir le maître des forces fluidiques qui sont en nous et pourrais-je arriver à m'en servir de manière à compenser mon infériorité physique et terrasser mes ennemis? Je vous serais également très obligé de vouloir bien me parler de la question sentimentale. Comment lutter contre la timidité? Comment aborder les femmes avec le maximum de chances de leur plaire?* »

– Horoscope numéro 6. Talisman : LA CROIX DU SUD. Et la question...

Une lettre de Mme Angat. Une lettre de Mme Pibole. Une lettre de... Noémi – la sceptique!

– Horoscope numéro tant. Talisman numéro tant. Horoscope numéro tant. Talisman numéro tant. Et la question. Et la question. Et la question... Faisons vite, mademoiselle Myra! *Time is money!*

Après le thé, chez la veuve, il y eut séance autour de la table ronde. Quelques esprits se présentèrent, que l'on n'avait point appelés, et qui semblaient assez mal fixés sur leur identité. Ils disaient être Napoléon, et, l'instant d'après, se défendaient d'être Napoléon. – Alors, qui êtes-vous? Louis II de Bavière? – Louis II de Bavière, oui, c'est ça! – Vous êtes bien sûr? – Pas tellement sûr! – Vous ne seriez pas, des fois, Marguerite de Bourgogne? – Oui, oui! je suis Marguerite de Bourgogne!

Ce n'était pas sérieux. Ces défunts-là faisaient des déclarations abracadabrantes. C'étaient des esprits simples, pour ne pas dire des simples d'esprit. Il y eut aussi des farceurs, les fantaisistes de l'au-delà, des plaisantins que même le grand saut n'avait pu assagir.

Mais, enfin, on eut Jaufre.

Il était fatigué, faible, désorienté, non adapté encore à l'autre monde. Son passage de l'existence terrestre à la vie astrale avait été pénible. Il était mal remis de la secousse. On lui posa la question relative au crime.

– Barnabé est-il réellement votre meurtrier ?

– Non.

– Voulez-vous nommer votre meurtrier ?

– Non.

– L'assassinat restera donc impuni ?

– Non.

– Voulez-vous dire que l'on découvrira le meurtrier ?

– Oui.

Ce fut tout pour ce jour-là.

Ces dames parlèrent ensuite du Professeur Alfa. Que pensait Lepicq de ce fakir au bonnet polaire ?

– J'admire les savants, dit l'avocat. Je respecte les personnes qui s'adonnent à des études sérieuses (ici, courbette vers la veuve, qui s'épanouit, flattée). Mais j'estime que l'on ne saurait assez se méfier d'individus qui, trop souvent, ne se donnent l'air de faire parler les astres que pour mieux faire chanter les gens !

12

LES AMIS DE LA VÉRITÉ

« *Pour le crime, je ne pourrais guère vous dire grand-chose, monsieur le Professeur. Comme les Astres vous l'ont certifié, je n'y suis pour rien, ni personne chez moi. L'homme qui a été assassiné était un bon homme qui a fait du bien à sa ville. On a arrêté un muet, mais on commence à jaser sur le dos d'un nain. C'est un être haïssable, méchant comme la gale. On raconte que... Il y en a qui ont écrit au juge pour dire que... Maintenant, vous savez, les langues...* »

Journellement, le Professeur Alfa recevait des réponses de ce calibre. Comme Lepicq, comme Farjoux, ce personnage s'intéressait évidemment beaucoup à l'énigme de la mort de Jaufre. C'était un homme intelligent. Il savait que l'on confie ingénument au premier Fakir venu, pour peu qu'il ait su vous inspirer confiance, des secrets que l'on ne révélerait pas à un médecin, ni même à un prêtre. Monter les habitants de la petite localité les uns contre les autres et, à travers la trame des médisances et des calomnies, découvrir la solution du mystère. Tel semblait être son but. Mais ensuite?

« *Faire parler les astres pour mieux faire chanter les gens!* » Jolie formule!

– Mademoiselle Myra, donnez-moi la liste des personnes qui n'ont pas répondu par une demande d'Horoscope complet à notre envoi d'Horoscope partiel.

– Voici, monsieur.

N'avaient pas répondu, entre autres : Zélie Beluge, Mme Angat, Lecorbin, Plainchant, Gratoulet, Genêtou, Couril.

– Couril... Le nain sur lequel on jase! Il désirait une méthode pour vaincre la timidité, je crois?

– Oui, monsieur. Et des recettes pour aborder et séduire les femmes! répondit en souriant Mlle Myra.

C'était une adorable brunette. Sous la table, elle allongea des jambes extrêmement belles, gainées de soie très fine. La robe, assez courte, découvrit un brin de genou. Le Professeur Alfa appuya un regard rêveur sur ces jambes bouleversantes. Mais, à la vérité, il ne les voyait pas. Il voyait une petite ville de Basse-Normandie, cruellement fouillée du soleil, accablée de torpeur, et qu'il avait entrepris de frapper de frénésie.

– Vous adresserez notre formule numéro 2 à toutes les personnes qui n'ont pas donné suite à leur première lettre.

« *Vous avez négligé de répondre à l'esquisse de votre vie* (disait la formule numéro 2). *Je suis très désappointé en m'apercevant de votre indifférence concernant votre bonheur, et n'hésite pas à vous en blâmer. Si je vous écris à nouveau, c'est que je sais que* vous allez avoir à affronter certains événements très prochains qui auront pour vous une importance exceptionnelle. *Les Astres m'indiquent que* vous devrez traverser une passe pénible, *pour laquelle mes conseils vous seraient précieux.*

« N'oubliez pas que votre Horoscope complet est un document que vous n'aurez à acheter qu'une fois dans votre vie. Pour vous montrer tout l'attachement que m'inspire votre personne et afin de vous permettre de vous procurer plus facilement le Travail que je veux faire pour vous, je vous demande de me faire parvenir seulement la modeste rétribution de trente francs. Ne laissez pas passer cette occasion. »

Près d'une semaine s'était écoulée depuis le jour où Lepicq avait effectué une « tournée de visites ». Depuis, il avait reçu une dépêche de Jugonde : « *Vous expédie documentation sur captation héritage Bezons. Affaire très intéressante. Quand rentrez-vous?* » Peu après, effectivement, était arrivée la documentation, dans une large enveloppe. Lepicq avait haussé les épaules.

Chez la veuve Angat, les séances continuaient de se tenir régulièrement. La Vasseur se plaignait de ce que son mari devenait de plus en plus coléreux : « Faites-lui prendre dans son potage de la mélisse jetée verte avec du suc de cyprès, conseilla Zélie. Ça rend doux les plus brutes! »

On faisait tourner la table. Jaufre venait ou ne venait pas. On n'en tirait guère de renseignements. Un jour, Clémence fit prévenir que l'on n'ait pas à compter sur elle; elle était malade. Cela fit bien rire ces dames! Les maladies de Clémence, on y était habitué! Angèle Frelasset se lamenta parce que son cellier était infesté de rats. « Brûlez de la corne de cheval! Il n'y a rien qu'ils craignent plus! » recommanda Zélie.

Lepicq monta voir Clémence. Elle s'était alitée. Les trois matous vivants dormaillaient sur son édredon et ne valaient guère mieux que leur maîtresse. L'avocat fut frappé de voir à la vieille fille un teint cyanosé, presque bleuâtre. Elle respirait avec peine, ressentait des suffocations, des vertiges.

– Cela me brûle dans la poitrine, maître Lepicq. On travaille à m'empoisonner. Quelqu'un a juré de m'empoisonner. On se moque de moi, mais...

– Eh bien, moi, je vous crois ! jeta brusquement Lepicq. Quelqu'un vous empoisonne à petites doses. J'en suis persuadé !

Terrifiée, elle se dressa sur son séant.

– Qui ? Vous l'avez découvert ?

– Je pense que oui, mademoiselle.

– Qui est-ce ?

– Ceux-ci !

L'avocat désignait les huit chats empaillés.

– Vous vous êtes toujours adressée au même naturaliste, je présume ?

– Oui. Un homme du Havre. Il travaille bien.

– D'accord ! Mais je crains qu'il n'ait la fâcheuse habitude de traiter par l'acide arsénieux les dépouilles qu'on lui confie ! Ou je me trompe fort, ou vous faites de l'intoxication chronique !

– Ce n'est pas possible ! Ces minets...

– Ces minets saturés d'arsenic empoisonnent l'air de cette chambre ! Là doit être l'origine de vos cauchemars persistants. Néanmoins, aérant la nuit, vous vous éveillez moins fatiguée. Mais, durant le jour, vous fermez vos fenêtres : l'intoxication reprend ! Voulez-vous me confier un de ces animaux ?

L'analyse à laquelle se livra Mme Gentil confirma le soupçon de Lepicq. Clémence se leva, fit immédiatement creuser une fosse dans son jardin et les matous y furent ensevelis.

Deux jours s'écoulèrent.

Le matin du troisième jour, lorsque l'avocat pénétra dans la salle de l'hôtel, pour prendre son petit déjeuner, il vit à Mme Pibole une mine réjouie.

– Vous devriez faire un saut sur la Place, maître Lepicq!

Etonné, il s'avança. Il y avait du monde sur tous les seuils. Des groupes s'étaient formés.

– Qu'attendent-ils?

– Le nain, pour voir le nez qu'il va faire quand il verra l'inscription!

– L'inscription?

– On l'a piquée cette nuit sur un marronnier. Ce doit être le commis boucher que vous avez rossé...

L'avocat eut vite repéré l'objet de la curiosité générale : une large plaque de carton, fixée à environ deux mètres de hauteur. Au centre, en majuscules immenses, cette accusation :

COURIL L'ASSASSIN!

Le nain parut. Tout de suite, il aperçut la pancarte. On riait en dessous. Il blanchit un peu, serra les dents, pivota, rentra chez lui.

– Il va chercher une canne, pour faire tomber l'inscription!

C'était son chapeau que le nain était allé prendre. Il s'éloigna rapidement. Vingt minutes plus tard, il était de retour; il ramenait le garde champêtre.

– Monsieur Aubin, veuillez constater...

Il rentra chez lui, ressortit avec une chaise sur laquelle il grimpa. Mais, même ainsi perché, il était encore trop court! Aubin dut décrocher lui-même la plaque de carton. Puis les deux hommes montèrent à la mairie.

Lepicq les y accompagna : c'était une excellente occasion de revoir Genêtou.

Couril rédigea en bonne et due forme une

plainte en diffamation, contre inconnu. Il dut faire un brouillon, s'interrompant parfois pour s'enquérir auprès de Lepicq du sens exact de tel ou tel terme juridique, car il était très soucieux de la forme.

Il jeta ensuite son brouillon dans une corbeille.

A la loupe, Lepicq étudiait l'inscription diffamatoire.

Soudain, la loupe en suspens, il fit une grimace.

« Ce serait trop fort!... »

Le nain et Aubin s'étaient retirés. Genêtou recherchait de vieux registres de naissances, en vue de statistiques (la manie de Lecorbin). Il tournait le dos à Lepicq. Celui-ci, sans bruit, alla prendre dans la corbeille le brouillon de la plainte rédigée par Couril et le coula dans sa poche.

– Monsieur Genêtou, voyez-vous un inconvénient à ce que j'examine un moment cette « pièce à conviction »? dit-il ensuite, en montrant l'inscription en majuscules.

– Bien sûr que non, maître Lepicq!

– Je vais m'installer au café en face. Dans un quart d'heure, je vous rapporterai...

– Quand il vous plaira, maître Lepicq!

Par nécessité professionnelle, l'avocat avait fait de sérieuses études de graphologie. La comparaison des majuscules de l'écriteau avec celles que l'on relevait dans le brouillon de Couril révélait des similitudes surprenantes.

« Ce serait tout de même fantastique! »

Couril auteur de l'inscription qui l'accusait! Couril se juchant, la nuit, sur un escabeau pour piquer la pancarte au tronc d'un marronnier et, le lendemain matin, déposant une plainte! Dans quel but cette manœuvre effarante?

Mais, au fait... Les lettres anonymes révélant les turpitudes du nain, le dépeignant comme un personnage de mœurs dissolues? Peut-être Couril en personne était-il l'auteur de l'une d'entre elles?

Lepicq appela téléphoniquement le commissariat d'Yvetot.

– L'inspecteur Farjoux doit-il rentrer prochainement de Rouen?

– Il est arrivé hier soir. Il est ici, précisément. Je vous le passe; ne quittez pas.

– Allô? Maître Lepicq? claironna Farjoux. Je suis bien content de vous entendre! Ça y est, vous savez! C'est un garçon! C'est arrivé avant-hier; ça s'est passé sans douleur! Enfin... presque! On l'a appelé Camille, comme convenu. Le plus rigolo, c'est que la maman soutient mordicus que c'est toujours un garçon qu'elle a voulu, alors qu'en réalité... Les femmes ne savent ni ce qu'elles disent, ni ce qu'elles veulent! Mais je bavarde... Quand est-ce que je vous vois?

– Dans une demi-heure!

– Hé?

– Dans une demi-heure! Je pars en auto dans un instant.

– Il y a du nouveau?

– Non! Simplement, j'en ai assez, de Criquebec!

– Bonne idée! Je vous attends. Nous allons faire un déjeuner soigné. J'ai déniché une boîte qui n'a l'air de rien, mais où il y a un petit Arbois...

Dès 3 heures de l'après-midi, sans avoir touché mot de ses soupçons à Farjoux, Lepicq avait vu les lettres anonymes et tenait sa conclusion.

Couril, sans aucun doute possible, était l'un des plus actifs d'entre les « *Amis de la Vérité* »! Il était l'auteur d'au moins quatre de ces missives qui le traînaient dans la boue!

Lepicq fut de retour à Criquebec à temps pour le thé de la veuve. Zélie Beluge était furieuse.

– Ce Professeur Alfa est au-dessous de tout ! Je lui avais demandé de m'indiquer ma fleur favorable – pour me rendre compte de ce qu'il vaut comme fakir, parce que, moi, question fleurs, il n'y en a pas beaucoup qui pourraient m'en remontrer ! Alfa, donc, m'a indiqué le dahlia. Or, savez-vous ce que signifie le dahlia, d'après le langage des Fleurs ? *Beaucoup de mots, peu d'âme !* Voilà la fleur qu'il me conseille ! Il est idiot, ce garçon !

Lepicq songeait à Couril.

Quel jeu le nain jouait-il ?

« Mettons qu'il soit l'assassin. Il s'accuse de courir le guilledou, d'organiser des sabbats nocturnes. Rien de tout cela n'est vrai : la police s'en apercevra aisément. Couril s'accuse ensuite d'être le meurtrier. Nécessairement, on jugera l'écriteau en fonction des lettres anonymes. Et l'on ne soupçonnera pas sérieusement le nain. Mais, s'il a tué, pourquoi ne s'être pas tout simplement tenu tranquille ? Et pourquoi m'avoir raconté cette histoire de femme en robe bleue ? Pour m'endormir ? »

– Vous semblez bien gai, maître Lepicq ?

L'avocat sursauta. C'était vrai : il avait pris un air béat pour fixer le plafond !...

– Excusez-moi ! Je songeais à ce fakir qui a conseillé le dahlia à Mlle Beluge ! Faut-il qu'il soit sot !

Alfa venait de rendre un grand service à l'avocat ! Celui-ci avait enfin compris la signification des messages chiffrés que s'adressaient Zélie et Plainchant !

Le Langage des Fleurs...

Chez le libraire, Lepicq acheta une brochure d'une dizaine de pages, à la couverture ornée d'un bouquet aux couleurs violentes. Il y trouva une liste de près de 500 fleurs, numérotées.

Parbleu ! Ce ne pouvait être que cela, leur « Code » ! Ils s'envoyaient les numéros correspondant aux fleurs choisies. Une façon originale de se dire : « Bonjour ! » « Bonne nuit ! »

Entre les deux sexagénaires, une idylle platonique... Et cette gamine de Zélie, qui s'y connaissait en fleurs, qui rêvait de fleurs, avait eu un jour cette invention cocasse : correspondre par le langage des fleurs ! Plainchant, vieille bête, avait bien voulu se prêter au jeu !

« Voyons ! Le soir où je m'étais glissé chez le coutelier et où j'ai tellement froissé Zélie, j'avais d'abord écrit : 46. Elle a ri, puis répondu : 182. Ensuite, j'ai envoyé : 64. Et elle m'a dit d'aller me coucher ! »

Son doigt courut le long de la liste :

« 46 (Dipsacus) *J'ai soif de vous !* Diable ! C'était en effet d'un galant ! Je comprends qu'elle ait ri ! »

Son doigt glissa de nouveau sur les pages.

« 182 (Safran) *Je vous rappelle à la modération !*

« C'est bien cela ! Cela colle admirablement ! Mais que peut signifier 64 ? »

Quelques secondes plus tard, il s'esclaffa. Il s'expliquait l'indignation de Zélie.

« 64 (Giroflée jaune) *Je voudrais vous serrer dans mes bras !*

« Nom d'un chien ! C'était plus que galant ! C'était... cavalier ! »

Eros... Un petit Eros malicieux, tel était le maître du secret !

– 126 (Nénufar) *Vous êtes de glace !* télégraphiait, pour plaisanter, l'homme de la *Fine Lame*.

– 166 (Rhubarbe) *Ne perdez pas courage !* répliquait ironiquement la dame du *Désir de Contenter*.

Puis un repentir la prenait.

– 101 (Lilas mauve) *M'aimez-vous encore ?*

Il s'enflammait. Elle reprenait ses taquineries :

– 107 (Lupin) *Laissez-moi. J'ai besoin de calme!*

Il se piquait :

– 50 (Eucalyptus) *Vous avez mauvais caractère!*

Ainsi, des papillons avaient conduit Lepicq à Criquebec.

Puis, il avait été retenu dans cette ville par des mystères qui n'en étaient pas : le badinage folâtre de deux sexagénaires, une postière qui, chaque soir, se faisait belle pour personne!

Et un vrai mystère s'était installé; un mystère sanglant dont il ne possédait toujours pas la clef : dans la nuque d'un vieil homme, un couteau de cuisine sauvagement planté...

Le Professeur Alfa redoublait d'activité.

Tous les potins qui font le tour d'une petite ville, l'origine – rarement propre! – des fortunes, l'ambition de celui-ci, la ladrerie de celui-là, la vilaine maladie de ce fonctionnaire, l'inconduite de la femme de ce conseiller municipal, et qu'un tel volait, qu'un tel était au bord de la faillite, toute la coquinerie qui fleurissait au soleil de Criquebec, toute la perfidie que cache un visage riant, l'odeur de corrompu qui s'élève des âmes, le Professeur avait mis cela sur fiches que classait la dactylo aux belles jambes : Mlle Myra (Secretary). Il connaissait à présent Criquebec sur le bout du doigt – comme Zélie les fleurs! Il eût pu s'y promener les yeux fermés, frapper aux portes :

« Monsieur F..., n'est-ce pas? C'est bien vous qui débitez des vaches brûlées sur pied par la tuberculose et des porcs crevés du rouget? Félicitations! – Eh, n'est-ce point vous, monsieur L..., qui avez volé à l'Etat, l'an dernier, 100 000 francs sur certaine affaire de carrières? Jolie opération! – Tiens! ce bon M. G... cocu, battu et content! Enchanté de vous serrer la main, Monsieur G... »

A ceux qui, comme Couril, Lecorbin, la veuve Angat, s'obstinaient à ne pas donner suite à leur première lettre, le Professeur faisait adresser ses formules les plus impératives :

« Vous agissez contre votre intérêt. *Je vois dans votre Ciel une conjonction de Planètes qui annonce pour vous* des jours sombres à brève échéance. *Je consentirai à abaisser mon offre au prix dérisoire de vingt francs, ce qui ne couvre pas même les frais d'écriture et de secrétariat. Je ne puis vous sauver malgré vous! Ecrivez-moi donc avant que je ne regrette une telle offre. Sans quoi, il ne me sera plus possible de m'occuper de vous,* votre avenir dût-il en souffrir. »

La menace perçait.

A Criquebec, cette campagne portait ses fruits. La hargne, la malignité montaient. Par la vertu des lettres du Professeur, l'air se chargeait de ces impondérables qui président aux sournois changements d'éclairage et transforment insensiblement une atmosphère de comédie en une atmosphère de drame. Le Génie des Allusions fielleuses orchestrait un jeu qui se jouait de préférence à huis clos, derrière l'écran des stores, des auvents. Avec la venue du crépuscule, il gagnait en virulence. Dans le rayonnement chassieux des lumignons, au bord de l'ombre malveillante des bahuts vastes à y serrer, sans les plier, les habits et les amants, il s'enrichissait d'éléments de férocité, sous l'œil et avec l'assentiment des portraits de famille pendus, comme autant de coquins sarcastiques, aux murailles. Dans les cœurs, même les bons sentiments tournaient au vinaigre. Dans les encriers, l'encre tournait au vitriol!

Chez la veuve Angat, les séances dans la salle d'Uranus se faisaient passionnées, frénétiques; les chevalières de la Table ronde faisaient valser le guéridon à tour de bras, hardi petit! Et de réclamer Jaufre impérativement, à cor et à cri!

En ville, on s'en s'indignait.

Car la popularité de Jaufre allait grandissant.

On ne parlait pas encore de donner son nom à une rue, mais cela ne tarderait guère. On lui avait érigé au cimetière une stèle élégante, et sa dalle était somptueusement fleurie. Il y avait à présent dix vieillards indigents à la Maison de Retraite. Tous gras à lard, tenus bien propres et en joie, nourris comme des moines, heureux comme des papes. Le dimanche, on montait les visiter. On y conduisait les gens de passage. C'était le cheptel sentimental de Criquebec.

Un matin, la veuve Angat trouva, tracé au coaltar sur sa porte, ses volets et ses murs, l'avertissement suivant :

Comité des Amis de Jaufre
A la veuve Angat et autres vieilles toupies :
UN BON CONSEIL
Si vous ne voulez pas avoir des ennuis,
Laissez en paix les tables tournantes!
LE MORT VOUDRAIT DORMIR!

Point de signature, il va sans dire! Encore l'œuvre d'un « *Ami de la Vérité* ».

Noémi allait en avoir pour une bonne journée à faire disparaître au grattoir, à la brosse et à l'essence, cette inscription.

– C'est une honte! Une infamie! tonnait la veuve, dans le salon jupitérien, devant la servante consternée et Lepicq secoué d'un rire intérieur.

L'autre jour, Couril... A présent, moi! Mais on ne le pincera donc pas, le misérable qui... Dommage que Jaufre ne soit plus de ce monde! Il l'aurait découvert, le malfaisant, lui!

– Comment cela? s'étonna Lepicq.

– Je vais vous dire une chose que bien peu savent, mon cher maître. Jaufre s'occupait de graphologie.

– Ah bah!

– C'est lui qui me l'a avoué, un jour. J'ai très bien saisi son intention : il espérait que je l'inviterais à faire partie de notre cénacle. Nous nous occupions toutes de sciences tournant autour du caractère de l'homme. Eh bien, la graphologie... Jaufre s'était dit : « Retrouver ces dames, dans le salon de Mme Angat, bavarder, discuter... » Ça l'aurait flatté! Notez bien, si ç'avait été quelqu'un de convenable, j'aurais été la première à... Mais, tout à fait entre nous, il n'était pas ragoûtant, le vieux Jaufre! Ce n'est pas parce qu'ils en font un saint, à l'heure qu'il est! Bref! Quand j'ai vu ses avances, j'ai fait celle qui ne comprenait pas!

Elle allait se remettre à fulminer contre l'anonyme au coaltar, mais l'attitude de Lepicq lui coupa ses récriminations au ras des dents. L'avocat sautait sur son chapeau, bafouillait une phrase d'excuses, prenait la porte, filait.

– Qu'est-ce qu'il lui prend? s'ébahit Noémi. Il a laissé son gaz ouvert?

Lepicq avait son air des jours de victoire. Par les rues grimpantes, il fonçait, tel un coureur qui voit le poteau d'arrivée. Il touchait au but. Il allait savoir! Ah, le vieux Jaufre s'intéressait à l'étude des écritures!... Eh bien, les « *Amis de la Vérité* » auraient tout de même servi la vérité, sans s'en douter!

Il pénétra chez le notaire. Doré rédigeait un acte

de cession de bail. Un petit commis timbrait des enveloppes.

La mine de l'avocat était telle que Doré se sentit subitement mal à l'aise. Flairant la catastrophe, il tourna un regard gêné vers une tenture de velours rouge éteint. Lepicq désigna le commis et, de la main, fit un geste significatif.

– Petit, dit hâtivement Doré, descends à la papeterie acheter de la gomme arabique. Et tu me prendras un carnet de timbres et un paquet de cigarettes.

Lepicq s'assit sans façons sur un coin du bureau. Il montra la tenture rouge.

– C'est le cabinet de Me Figuier, derrière?

– Oui.

– Il est là, Me Figuier?

– Oui.

Lepicq ricana.

– Tenez-vous énormément à perdre votre place, monsieur Doré?

– Heu!... sursauta l'autre. Vous en avez de bonnes! Je...

– Vous m'avez roulé, Doré! Le jour de la découverte du crime – le coup de la serviette au café : très malin!

– Ne parlez pas si fort! chuchota Doré, Me Figuier pourrait...

Il était devenu pourpre.

– Vous aviez compris que je vous soupçonnais d'avoir fait disparaître un document. Vous avez pris les devants, vous avez ouvert complaisamment votre serviette! Des documents, elle en était bourrée! Mais... rien que des documents de l'étude! Du « *travail de classement!* » Très habile! Et Genêtou faisait comme vous!

Doré tenta de louvoyer.

– Je vous assure, maître... Je ne vois pas où vous voulez...

Il louchait éperdument du côté de la tenture rouge.

– Suffit! Ecoutez-moi. Jaufre s'occupait de graphologie. L'alphabet, c'était sa passion! Au point qu'un instant avant sa mort, il se distrayait à faire des expériences sur des lettres, à les camoufler en chiffres, au dos d'une carte postale! Mais, cela, c'était une amusette. Pour alimenter son inoffensive manie, Jaufre avait besoin de textes manuscrits. De textes sans valeur en eux-mêmes; intéressants seulement en ce qu'ils étaient révélateurs du caractère de leurs auteurs. Vous me suivez, Doré? Inutile de faire cette tête-là!... Comment se procurer des documents, de vieilles lettres? A qui en demander? tout le monde détestait Jaufre!

« Jaufre, ayant remarqué qu'un certain Doré, *clerc de notaire,* et un certain Genêtou, *secrétaire de mairie,* chopinaient pas mal, décide de les séduire, à coups de café-calva, de cidre bouché, d'apéros. « Donnant, donnant – bien entendu! Je t'abreuve, toi tu me fournis ma pâture de textes : ce n'est pas ce qui manque, dans les archives de l'étude et de la mairie! » Quel mal à cela? Quand Jaufre a étudié ces paperasses du temps jadis, il les restitue scrupuleusement.

Doré était terrifié. Si Me Figuier venait à l'apprendre, c'était le renvoi immédiat.

– Là-dessus, poursuivit Lepicq – meurtre! Affolement de Doré et de Genêtou. Sur la table de Jaufre, la police va trouver la dernière livraison de documents. Il faudra expliquer comment ils sont venus là! C'est alors que l'on fait le coup de la serviette : chacun reprend son bien! Ni vu ni connu!

– C'est vrai, avoua Doré. Nous ne pensions pas mal faire. Puisque cela n'a eu aucun rapport avec le crime...

– J'ai malheureusement des raisons de croire le

contraire ! coupa sèchement Lepicq. Qu'avez-vous fait du paquet de documents ?

– Eh bien, j'ai... j'ai reclassé les pièces, depuis !

Lepicq sentit qu'il mentait.

– Reconstituez-le !

– Comment voulez-vous que je me rappelle, maître ? Je ne demanderais pas mieux; seulement il y avait de tout, là-dedans ! Un peu d'un dossier, un peu d'un autre. N'importe quoi ! Voyons, maître... Il n'est pas possible que le crime...

– Veuillez m'annoncer à Me Figuier, dit froidement Lepicq. Vous sauterez, mais ce sera parce que vous l'aurez bien voulu !

– Maître, je vous en supplie... Je suis père de...

Il transpirait abondamment; ses mains tremblaient.

– Cela m'est tout à fait égal. Je vais m'annoncer moi-même; je n'ai pas de temps à perdre !

Alors, sous une pile de dossiers, Doré alla chercher une chemise gonflée de feuillets.

– Voici ! dit-il. Je... Je... Excusez-moi, je n'avais encore rien reclassé. Tout y est.

Une demi-heure plus tard, dans sa chambre, Lepicq tombait en arrêt devant l'un de ces documents. Il le parcourut, puis le relut, posément; ensuite il courut à la fenêtre. A la loupe, il examina le papier par transparence. A son tour, il avait des mains tremblantes.

– Grattages ! Surcharges ! c'est bien cela. Travail très soigné ! Mais le vieux Jaufre s'en est aperçu ! Il a eu l'imprudence de ne pas garder pour lui sa découverte ! Il a cédé à la tentation de narguer : « Vous me haïssez, hein ? Vous me méprisez, hein ? Eh bien, je suis heureux de vous apprendre que j'ai fait, par le plus grand des hasards, une trouvaille ! Une gentille trouvaille ! » Et puis... on l'a découvert mort, sur la carpette! Dire que c'est à la veuve que je dois de...

C'était un jour d'inspiration. Lepicq était en pleine forme.

« La veuve Angat? Mais c'est elle qui m'a déjà tendu la perche – bien involontairement – l'autre jour! Quand elle me disait : « Saturne et Mars en quadrature dans la Maison VIII. »

Il avait levé son visage vers le ciel, où les astrologues inscrivent les Maisons zodiacales des planètes : la Maison de la Vie, la Maison des Richesses, la Maison de la Santé, la Maison de la Mort, la Maison des Visions, la Maison des Ennemis...

« L'explication du crime? Mais elle était écrite là-haut, en toutes lettres! Dans la Maison VIII! Tout est venu de la Maison VIII! »

– Grande nouvelle, maître Lepicq! lança Mme Pibole.

– Un nouvel assassinat?

– Comme vous y allez! Non, Dieu merci! Le Professeur Alfa... Le fameux Fakir...

Elle développa un large rouleau de papier. C'était une affiche aux couleurs éclatantes. Au-dessous du portrait stylisé du Professeur au bonnet de fourrure, l'avocat lut ce texte :

CRIQUEBEC

Samedi 17 Août

Au Café du Commerce et des Sports

Soirée à 20 h 30

DEUX HEURES DE MYSTÈRES

Après dix années d'études périlleuses au Pays des Banquises, le légendaire Hypnotiseur, Magicien, Spirite

PROFESSEUR ALFA

Médium agréé par les Savants, Membre de l'Académie des Sciences occultes, Fondateur de l'Institut nordique psycho-analytique,

Fera une Démonstration saisissante

DE SA FANTASTIQUE PUISSANCE

LES PLUS FORMIDABLES EXPÉRIENCES DU SIÈCLE!

LA MACHINE À HYPNOTISER. LE RAYON MORTEL.
LES MYSTÈRES DU GRAND NORD. LA NEIGE MAGIQUE.
L'IRRADIATION MAGNÉTIQUE. LE SOLEIL DE MINUIT.
PHÉNOMÈNES PSYCHIQUES. SORCELLERIES. TÉLÉPATHIE.
DIVINATION. PREDICTIONS

JE REPONDS À TOUTES LES QUESTIONS.

JE SUIS INVULNÉRABLE ET INCOMBUSTIBLE.

Mes expériences d'Insensibilité déroutent la

SCIENCE MÉDICALE. *Le voir pour le croire.*

Ces Expériences seront présentées avec le concours de spectateurs et spectatrices de bonne volonté.

EN SUPPLÉMENT!!!
LE PROFESSEUR ALFA

Réalisera la plus formidable expérience qui ait jamais été tentée.

LE MIROIR MAGIQUE

CINÉMATOGRAPHE ÉLÉMENTAL

Cette Expérience passionnera spécialement la Ville de Criquebec. Par la seule force de ma volonté, j'évoquerai un défunt dont la mort tragique, très récente, est présente à toutes les mémoires. Je provoquerai la reconstitution de cette mort mystérieuse. Chacun pourra suivre dans mon Miroir magique *le déroulement d'une scène terrible, et reconnaître*

les Acteurs.

Cette expérience sensationnelle ne sera accomplie qu'une seule et unique fois. Je la réaliserai dans

L'INTÉRÊT DE LA VÉRITÉ

Ainsi, en même temps que Lepicq, le Professeur Alfa était arrivé à une conclusion. Etait-ce la même ?

La méthode d'investigation sur place, contre la méthode d'investigation par correspondance !...

Lepicq passa à table.

– Black ! Viens ici, ma bonne bête ! Viens !

Black était le chien des Pibole. Une bête gourmande, toujours à fourrer son museau sur vos genoux, à solliciter un bout de viande, un morceau de sucre. « Fous le camp, mendiant ! » disait la clientèle, en accompagnant cette phrase d'un coup de pied.

Lui non plus, d'ordinaire, Lepicq n'encourageait guère les mauvais instincts des animaux. Mais, depuis qu'il avait examiné à la loupe le document trouvé dans le dossier de Doré, il avait pris l'habitude d'appeler Black au moment des repas. Il le caressait, le faisait se coucher à ses pieds et, furtivement, à la sournoise, il lui filait une grande bouchée de tous les aliments que l'hôtesse lui servait, avant d'y goûter lui-même. Quand le cabot, les yeux humides et la queue folle de reconnaissance, avait englouti la mangeaille, s'était pourléché, et en redemandait, et qu'il était bien clair que cela ne lui avait causé aucun mal, alors, à son tour, l'avocat piquait à l'assiette !

Depuis qu'il savait, il était devenu comme Clémence Maisondieu : il voyait du poison partout !

13

LA MAISON VIII

– Jaufre, est-ce vous?

La table frappa un coup.

C'était Jaufre.

Dehors, un soleil à tout casser, à pierre fendre.

« Trente-trois à l'ombre!... Et on allait *le* voir arriver, dans une immense peau d'ours, le front pissant la sueur sous son bonnet de fourrure! » s'étaient dit les gens de Criquebec, en rigolant doucement.

Et pas du tout! Le Professeur Alfa, au naturel, n'avait rien d'un excentrique. Un complet de flanelle grise, des chaussures légères, un feutre souple. Il ne ressemblait guère à son portrait sur l'affiche! De taille moyenne, plutôt mince, il paraissait la quarantaine.

De son portrait de l'affiche, il avait pourtant trois choses : un collier de barbe blonde, des yeux insondables, un teint safrané. Ses doigts agiles avaient l'air de jeter du fluide partout. On éprouvait une secousse électrique quand il vous serrait la main. Un Fakir très fort, incontestablement. La flanelle grise ne lui retirait rien. On concevait parfaitement qu'habillé à l'esquimaude il fût impressionnant. Il avait apporté une valise (ses vêtements de travail psychique, sans doute) et une malle monumentale (le matériel, les appareils, le miroir magique).

Il avait déjeuné à l'hôtel Pibole, où devait se tenir la séance, dans la salle de bal. Lepicq l'observait en dessous.

A peine si le Professeur avait mangé. Ces êtres-là, ça vit de rien. Quand il rajoutait du sel, du poivre, il semblait procéder à des passes magnétiques. Trancher le pain n'était plus un geste normal, mais une opération magique. Boire devenait un acte rituel, incantatoire. On sentait bien que cet homme ne vivait pas sur la terre. Il pensait. A quoi? Mystère! Où était son esprit? Dans les Planètes... Il devait sauter d'une Maison zodiacale dans l'autre, courir le long du Cercle arctique et du Cercle antarctique. On n'aimait pas quand son œil tombait sur vous : il vous transperçait. On avait tort, d'ailleurs. Le Professeur Alfa ne vous voyait seulement pas! Il voyait plus loin... Au-delà... Son regard plongeait dans les fins fonds!

Ils furent beaucoup, ce samedi-là, qui déjeunèrent tard, pour avoir contemplé le Professeur Alfa en train de déjeuner.

Maintenant, il était quatre heures.

Ces dames, Lepicq et le Professeur étaient assis autour de la table ronde, dans la salle d'Uranus. Sur la demande du Professeur, les tentures n'avaient été qu'aux trois quarts tirées. Une demi-obscurité baignait la pièce. Dans cet éclairage, les visages et les mains prenaient un aspect spectral. Le Professeur avait raison : c'était mieux comme ça que dans les ténèbres complètes.

La barbe du Fakir semblait d'or.

Il avait pris la direction des opérations : rien de plus normal, c'était sa partie. Il dégageait un fluide formidable. La table avait filé tout de suite, au grand galop. Et Jaufre était venu. Il ne s'était pas fait tirer l'oreille, comme les autres jours. Il avait affaire à plus fort que lui; à quelqu'un qui savait parler aux défunts, et se faire écouter.

– Jaufre, il y a en prison un homme que l'on accuse de vous avoir assassiné. Il est innocent, n'est-ce pas?

Un coup : – Oui.

– Vous n'avez pas été tué pour une question d'argent.

Deux coups : – Non.

Dans la pièce vouée à la planète qui suscite médiums et astrologues, la voix du Professeur avait des résonances troublantes. Chacun, au bout du petit doigt de sa main droite et de sa main gauche, pouvait sentir frémir l'auriculaire de son voisin de droite et de son voisin de gauche.

Pour lui faire honneur, la veuve avait placé le Professeur en face d'elle. Il était assis entre Zélie et Amandine. Après Amandine venaient : Lepicq, Clémence, la veuve, la Vasseur, la Frelasset.

La tension nerveuse était considérable.

Ces dames s'attendaient presque à ce que le défunt, soudain, se matérialisât, apparût, plaintif, dans les miteux vêtements qu'on lui avait connus si longtemps, et cette plaie horrible à la base du crâne, et, peut-être, une apparence de couteau enfoncé dedans. Est-ce que les lèvres du Professeur n'étaient pas fluorescentes? On voit d'abord se former une pâle lueur, puis l'ectoplasme se développe... Mais non. Ce n'était qu'un effet de la lumière. Ces phénomènes auraient lieu seulement ce soir, dans la salle de bal des Pibole, où, pour l'heure, le public Criquebecquais était admis à contempler les bagages du Fakir.

Très froid, calme, lucide, Lepicq observait.

Quelques minutes, la servante Noémi avait épié, l'oreille collée à la porte. Puis, sur une grimace accompagnée d'un rire bref, elle s'était enfermée dans sa cuisine. « Un charlatan, ce Fakir! Fallait-il être niquedouille pour... » Noémi, la sceptique, s'était mise à écrire, d'une main malhabile. Elle avait reçu dans la matinée une lettre contenant la « Chaîne de la Chance ».

« *Bonne chance, bonne santé! Continuez la chaîne, prenez-en neuf copies que vous enverrez à neuf personnes à qui vous souhaitez du bonheur. Cette chaîne a eu son point de départ en Flandre. Ce fut un Général de l'artillerie américaine qui en eut l'idée, et cette chaîne doit faire trois fois le tour du monde. Ne coupez pas, il vous arriverait malheur. Ceci n'est pas une plaisanterie et si vous n'envoyez pas comme il est dit, méfiez-vous...* »

Donc, la sceptique Noémi faisait, laborieusement, ses neuf copies. Car, cela, ce n'était pas de la superstition! La lettre donnait des exemples :

« *La Maison Vilcore fut détruite dans les huit jours, elle n'avait pas pris cette affaire au sérieux. Marie de Roumanie envoya trop tard les copies : elle fut empoisonnée. Mlle Pola Négri doit sa fortune pour avoir suivi les instructions...*

Zélie écrivait aussi vite qu'elle pouvait. Ce n'était pas tant qu'elle tînt à la fortune. Mais elle n'avait aucune envie de se réveiller empoisonnée, comme Marie de Roumanie...

– Jaufre, disait le Professeur, vous avez été assassiné parce que vous aviez découvert un secret.

(Un secret... Le Fakir était arrivé à la même conclusion que Prosper Lepicq.)

Réponse de Jaufre :

– Oui.

– Une mauvaise action a été commise jadis.

– Oui.

– Quelqu'un a été frustré.
– Oui.
– Votre meurtrier est bien la personne dont mes calculs astrologiques m'ont révélé le nom?
– Oui.
– Jaufre, je vous appellerai ce soir. Je vous rendrai votre aspect terrestre. Vous revivrez dans le miroir magique, tel que vous étiez au soir de votre mort, assis sur votre lit. Les rideaux s'écarteront, un bras armé d'un couteau s'abattra : vous mourrez pour la seconde fois. On verra votre meurtrier attendre, dans un coin de la cave, la venue de la nuit, puis s'enfuir, par la cour.

La voix du Professeur se fit plus solennelle encore.

– On le verra s'enfuir, par le vieux portillon dont les clous accrochèrent son vêtement et conservèrent l'indice matériel qui permettra de le confondre. Jaufre, viendrez-vous?
– Oui.

Lepicq scrutait les visages, fixait tour à tour le Professeur, la veuve, la Vasseur, la Beluge, les Maisondieu, la Frelasset... Cette dernière claquait des dents.

La table retomba. La séance était terminée. De son trot de pachyderme, qui ébranlait les parquets, Mme Angat courut écarter les tentures, puis frappa dans ses mains :

– Noémi, le thé...

Noémi entra, portant un plateau.

Toujours pour honorer le Professeur, la veuve avait décidé que, ce jour-là, le thé serait servi dans la salle d'Uranus.

La servante disposait les gâteaux, le sucre. La veuve emplissait les tasses. Noémi, à la dérobée, considérait avec mépris le Fakir. « Ce comédien!... » Ce dédain était si sensible que la veuve lança à la servante un regard courroucé. Noémi haussa les épaules. Ce n'était pas sa faute! Elle n'y pouvait rien! Sceptique elle était née, sceptique elle mourrait! Elle n'était pas comme ces badauds, sur la Place...

Mme Angat se leva, s'approcha de la fenêtre.

– Voyez donc! tout ce monde... Les gens savent que vous êtes ici, monsieur le Professeur!

Ils l'avaient rejointe, et considéraient la Place noire de peuple.

La veuve jubilait. Avoir sous son toit l'illustre Alfa, le premier médium du monde! Insigne honneur!

Lepicq revint à la table, prit un petit four.

– Il y aura foule, ce soir, à la séance! fit-il.

Le Professeur tourna vers lui son regard magnétique, mais ne répondit pas.

Tous reprirent leurs places autour de la table ronde.

Un moment plus tard, comme elle reposait sa tasse vide, Clémence Maisondieu dit à la veuve :

– Il faudra féliciter Noémi! Elle s'est surpassée. Excellent, ce thé! J'ai mis un rien de sucre en trop, mais c'était parfait, réellement!

Et, brusquement, son sourire disparut. Elle porta une main à son cœur, tandis que sa bouche s'entrouvrait, que son regard, errant de visage à visage, se faisait interrogateur, posait on ne savait quelle question – puis, d'anxieux, devenait éperdu, fou... Lepicq, une main sur le dossier de sa chaise, comme s'il s'apprêtait à bondir, fixait Clémence, intensément. Ses traits exprimaient une incompréhension totale. La mine de qui est tenté de se prendre le front à deux mains, et de se dire : « Mais voyons!... Ce n'est pas possible! Pas possible!... Je me serais trompé à ce point-là! *Elle aurait deviné?* Non, Cela ne va pas arriver! Je n'admets pas! Moi, moi, Lepicq, je n'admets pas! »

Pourtant, *cela* arriva.

Clémence brusquement dressée, sa chaise renversée; Clémence en proie à une terreur qui la défigurait et lui faisait planter ses doigts dans sa maigre poitrine, Clémence hurlait :

– On m'a empoisonnée... Au secours!... Au secours!...

Une scène de grande confusion suivit.

Lepicq levait le poing au plafond, sans que l'on pût savoir à qui il en avait. Le Professeur Alfa, dépouillé soudainement de cette espèce d'*aura* qui faisait de lui une créature presque surhumaine, jetait autour de lui des regards inquiets et paraissait fabuleusement ennuyé. Ces dames étaient consternées. Devant le Professeur, se laisser ainsi aller à des imaginations ridicules! Se laisser reprendre par des terreurs puériles! Ce n'était pas bien de la part de Clémence! Surtout que Me Lepicq avait tout réglé en découvrant la présence d'arsenic dans les dépouilles des chats empaillés!

– Voyons, ma bonne amie, suppliait la veuve! Un peu de bon sens!

Clémence se plia. Sa bouche se tordit. Elle émit une plainte abominable, puis eut un vomissement effrayant.

Une pâleur glacée envahit le visage de ces dames. Ce n'était donc pas de l'imagination?

Clémence râlait. Sa face bleuissait. Elle s'écroula. Les vomissements n'arrêtaient plus.

– Vite! Un contrepoison! lança d'une voix stridente Amandine Maisondieu, dont le visage était devenu noirâtre, par l'effet de l'émotion. Je cours chez Mme Gentil.

– J'y vais avec vous! jeta Lepicq.

Sur le trottoir, il saisit le bras d'Amandine. Elle se dégagea d'une secousse.

– Le nom du poison? souffla-t-il.

– De la mort aux mouches! répondit-elle, d'une voix cassée.

Puis, sur un ton sifflant :

– Je vous hais! Oh, que je vous hais!...

– Qu'est-ce que c'est que ça, la mort aux mouches?

– Arsenic métallique.

De nouveau, la voix sifflante :

– C'est vous! dit-elle. C'est vous qui l'avez tuée!

– Vous avez un certain toupet! Mais... silence!

Par chance, le docteur Pouacre se trouvait chez la pharmacienne.

Il s'effara.

– De l'arsenic métallique? Ce n'est pas possible! Je connais Mlle Clémence; elle se figure toujours... Je suis bien certain que...

– Docteur, coupa durement Lepicq, je suis bien certain que, si l'on n'intervient pas immédiatement, Mlle Clémence Maisondieu sera morte avant ce soir! L'antidote, vite! Nous discuterons plus tard!

– Bon bon! Dans ce cas... Si vous êtes sûr! Oxychlorure de fer... C'est le plus actif. Vite, madame Gentil. Préparez-moi une solution d'oxychlorure à...

Il donnait la formule. La pharmacienne sautait sur ses bocaux. Fébrilement, le docteur Pouacre mettait la main à la pâte, plaçait sur la balance de précision des poids infinitésimaux.

Il interrogeait :

– Vomissements violents?

– Très violents.

– Alors, cocaïne!... 0 gr. 05 pour 500 grammes d'eau, madame Gentil. Vite... Vite...

C'était lui le plus fébrile, à présent.

Il revenait à Amandine, lui prenait les mains.

– Du lait chaud, n'est-ce pas. Et des enveloppements chauds. Des frictions excitantes, à la teinture de musc. On la tirera de là, n'ayez crainte!

Dans le salon jupitérien, Clémence Maisondieu délirait, suffoquait, était prise de convulsions atroces.

– Ainsi, dit Lepicq, vous aviez deviné!

– Que ce Fakir n'avait jamais été Fakir de sa vie? dit Amandine Maisondieu. Que c'était votre créature? Je n'ai pas été dupe une seconde!

L'odeur de naphtaline – l'odeur de la vieille demeure Maisondieu!

Amandine dressa son visage terreux.

– Vous pensez si je le voyais, votre plan! Ce soir, dans la salle de bal, au cours de cette ridicule séance de prestidigitation, votre pauvre innocent de Fakir aurait montré je ne sais quelle scène de lanterne magique où l'on aurait vu, en train d'assassiner Jaufre, une femme grimée de façon à me ressembler! Depuis le temps que vous avez compris que c'était moi qui l'avais tué, vous avez dû me photographier sur toutes les coutures, pour servir de modèle à votre artiste!

– Erreur! Dans les bagages du Fakir, il n'y a que des pierres et de la ferraille!

– Ah? fit-elle, abasourdie.

– La séance chez Pibole n'aurait eu lieu en aucun cas! L'affiche était simplement destinée à vous effrayer. La vraie séance a eu lieu chez la veuve. Elle avait pour but de vous persuader que vous étiez découverte, afin de vous affoler, vous pousser à commettre une sottise, me fournir la preuve... Tandis que l'on évoquait Jaufre, je vous guettais.

– Voilà donc pourquoi le Professeur s'était opposé à ce que l'on tire les tentures? Par prudence!

– Par prudence, parfaitement. Je pensais que vous alliez tenter de l'empoisonner. Ne vous ayant pas vue verser le poison, je suis revenu à la table, pendant que vous étiez à la fenêtre avec les autres, et, dans le doute, j'ai fait pivoter cette table d'un huitième de tour!

– Ainsi, si j'avais versé le poison dans la tasse d'Alfa...

– C'est vous qui l'auriez bu!

Amandine, avec son intuition de vieille fille, avait compris que Lepicq combinait ses recherches avec les renseignements que le « Professeur », improvisé Fakir pour la circonstance, recevait des gens de Criquebec et s'empressait de transmettre à l'avocat. L'homme qui avait résolu l'énigme de la mort de Jaufre, l'homme dangereux, c'était Lepicq. Aussi, se voyant perdue, c'était de Lepicq qu'elle avait décidé de se venger : elle avait versé de la mort aux mouches dans sa tasse. De sorte que Lepicq, pensant sauver Alfa en faisant tourner la table d'un huitième de tour et en amenant ainsi à la place d'Amandine la tasse du Professeur, avait involontairement provoqué l'empoisonnement de Clémence, en amenant du même coup sa propre tasse à la place de la cadette des Maisondieu!

Amandine avait posé ses mains sur ses genoux. Elle gardait la tête droite sous le regard glacé des Maisondieu défunts qui, du haut de leurs cadres, semblaient la juger.

– Je n'ai pas pu faire autrement. J'ai été poussée. La fatalité!

La fatalité – un grand mot, vite lâché! Et, pourtant...

– Pouvais-je prévoir?

Vingt-quatre ans plus tôt, Adrienne Maisondieu, la mère des deux sœurs, meurt. Marcellin Maisondieu, le père, la suit à trois semaines d'intervalle. Bien des années, il a été tyrannisé par ses filles.

Des deux, c'était encore Amandine qui le harcelait le plus! Rancunier, Marcellin a préparé une vengeance. Un méchant tour, plutôt... Par testament, il lègue à la cadette, Clémence, la maison de la Place, la vieille maison familiale, et donne ironiquement à Amandine la maison proche de l'église. Amandine découvre le testament; la rage l'étouffe. Elle falsifie le document! C'était si simple : gratter deux prénoms, écrire le nom d'Amandine là où il y avait Clémence, et réciproquement...

– Je ne faisais que remettre les choses dans l'état normal! J'étais l'aînée! La maison de la Place devait me revenir. Clémence l'aurait eue à ma mort.

– Vous avez eu grand tort de vous donner tout ce mal! Le testament était sans valeur! Un legs de père à enfants ne signifie rien! Aux termes de la loi, un partage est prévu, qui n'autorise qu'un excédent d'un quart.

– Justement! Je me disais que Clémence ferait des difficultés, s'entêterait, se servirait de ce testament pour me contraindre à la vente, qu'elle préférerait que la maison soit perdue pour toutes les deux, plutôt que...

Et c'était à cause de cela, à cause du lancinant souvenir de cette falsification qu'Amandine passait des nuits blanches et, chaque matin, s'éveillait avec une face de déterrée!

– Pouvais-je prévoir?

Evidemment non!

Le testament falsifié avait passé comme une lettre à la poste. A peine si Me Figuier l'avait lu! Puisqu'il n'est pas besoin de dispositions testamentaires pour les successions d'ascendants à descendants directs! Puisque la loi a prévu! On n'avait conservé le document que parce que l'usage veut que l'on conserve les plus petits chiffons de papier, en France! Les archives n'ont pas été inventées pour rien! Et Amandine ne pouvait pas prévoir que, vingt-quatre ans plus tard, parce que ce vieux fou de Jaufre s'intéressait à la graphologie, et Genêtou et Doré au café-calva, ce méchant testament serait exhumé des dossiers poudreux, et échouerait sur la table de Jaufre qui, loupe en main, parce qu'il s'intéressait à la graphologie, s'aviserait de la fraude!

– Il est venu vous menacer?

– Non. Une lettre. Je l'ai trouvée sous ma porte, en rentrant de chez la veuve Angat. Jaufre disait : « J'ai eu l'occasion d'étudier le testament de Monsieur votre Père. Feu Marcelin Maisondieu avait une écriture très curieuse, très personnelle... Tout à fait intéressante! Particulièrement lorsqu'il écrivait votre prénom et celui de Mlle Clémence. » C'était clair.

On ne peut plus clair!

Alors, elle avait passé une robe bleue : cela suffisait pour que l'on ne pût la reconnaître. Elle était partie, serrant dans ses mains à mitaines le manche d'un couteau de cuisine.

– Cette lettre, vous pouvez être sûr que Jaufre ne l'avait pas écrite pour rien! C'était une canaille! Il voulait me faire chanter! Or, je vis petitement, je ne tiens mon rang qu'à force d'économies de bouts de chandelle! Je n'aurais pas pu lui donner d'argent! Alors? Il aurait déclenché le scandale... Cette honte sur mon nom! Et Clémence, Clémence qui n'attendait que ma mort pour descendre ici! Elle aurait crié sur tous les toits que je lui volais depuis vingt-quatre ans *sa* maison! Elle aurait peut-être cherché à m'en faire expulser, exigé la vente...

Toutes ces idées tourbillonnant sous le crâne de la vieille fille! Une robe bleue... Un couteau de cuisine... Et allez, s'il vous plaît, monsieur Jaufre, faire de la graphologie dans un autre monde!

– C'était ma maison! Ma maison, vous entendez? fit farouchement Amandine.

Lepicq avait oublié que cette femme, un moment plus tôt, avait essayé de l'empoisonner. Il songeait à la Maison zodiacale N° VIII, où tous ces événements, soixante-six ans auparavant, étaient déjà préfigurés par la présence de quelque mauvaise planète, par quelque sinistre conjonction d'astres, dans le ciel de nativité d'Amandine.

« *La huitième Maison* – avait-il lu dans un manuel emprunté à la veuve Angat – *régit les conséquences de la mort : testaments, legs, dots...* »

Sur la Place, des fillettes chantonnaient – pas fort à cause de la présence du Fakir : « *Am Stram Gram, Femina Godam, Carabim Zigolo.* »

Après son crime, Amandine n'avait pas osé reprendre le testament. Mais elle avait volé les 800 francs et, le lendemain, au petit jour, elle les avait cachés dans la paillasse de Barnabé.

A présent, la double personnalité de Lepicq, détective et avocat, se simplifiait. L'énigme résolue, le détective s'effaçait, rentrait dans l'ombre; c'était maintenant l'avocat qui allait occuper la scène.

Amandine promenait autour d'elle un regard vitreux. Elle avait tué un homme, empoisonné sa sœur.

La prison...

Eh bien, mais... L'avocat Prosper Lepicq l'en tirerait!

– Chère mademoiselle, ne nous désespérons pas! Vous allez me laisser la charge de vous défendre, les choses s'arrangeront mieux que vous ne le pensez. Ma plaidoirie, mais je la sens, je l'ai, elle est toute prête, mademoiselle! Voyons! qu'y a-t-il au fond de tout cela? L'histoire du testament?

Vieille, très vieille histoire! Peccadille! Enfantillage!

Amandine, balançant la tête à petits coups, approuvait, souriait doucement.

Lepicq aborda la question capitale.

– Jaufre... Jaufre – oui, évidemment!... Mais, mademoiselle, n'oublions pas ce qu'était Jaufre! Un personnage équivoque, au passé trouble. Un maître chanteur! Sa lettre de menaces jouant sur votre ignorance du Code... Une minute d'affolement! La peur du scandale! Légitime défense, mademoiselle, légitime défense! Jaufre, je le mets dans ma poche, et tous les Lecorbin du monde n'y feront rien! Que reste-t-il? Mademoiselle votre sœur. Mais j'ai vu Pouacre. Il la sauvera, il l'affirme. Dès lors, quoi? Un accident, rien de plus! A qui destiniez-vous le poison? A moi! A moi, votre soutien à présent, mais votre ennemi du moment! Simple instinct de défense, là encore!... Et la fatalité, comme vous disiez... Ne jetons pas le manche après la cognée. Nous n'éviterons pas la prison, mais nous en sortirons! Si, comme il y a tout lieu de l'espérer, votre sœur en réchappe, et si, comme j'y compte bien, elle ne porte pas plainte...

– Non, dit Amandine.

– Elle ne portera pas plainte, vous êtes de mon avis?

– Ce n'est pas ce que je veux dire.

– Vous craignez que l'on ne puisse la sauver?

– Ce n'est pas cela non plus.

– Et quoi donc?

– La prison. Je ne veux pas aller en prison.

– Ah, fit Lepicq en se grattant le sommet du crâne, je vous comprends fort bien, mais c'est que...

D'un tiroir, elle avait sorti une bonbonnière, offrait un chocolat à Lepicq, en prenait un, comme si ce jour avait été un jour pareil aux autres, qu'il n'y eût ni crime ni empoisonnement, qu'il se fût agi d'une visite de politesse!

A l'instant où les doigts de Lepicq arrivaient à la hauteur de sa bouche et allaient placer le carré de chocolat entre ses dents, l'expression de l'avocat se durcit soudain; la peau de ses joues se tendit douloureusement, il éprouva une sensation de froid épouvantable.

Le regard d'Amandine!... Terrifiant, tout aiguisé de haine, chargé d'une attente avide! Ces yeux, vitreux tout à l'heure, et, maintenant, deux braises, révélaient une malignité affreuse, véritablement diabolique.

Lepicq jeta le chocolat avec horreur. Il eut un hoquet de dégoût.

– Démon! siffla-t-elle. Démon! Vous devinez tout!

Son souffle était devenu très bref; ses mains se crispaient avec force sur le rebord de la table, les ongles griffaient le bois.

– Malheureuse! Qu'avez-vous fait?

Les chocolats contenaient du poison. Amandine n'avait pas hésité à s'empoisonner, pour mieux tromper Lepicq, et qu'il s'empoisonnât lui aussi!

Il s'était levé, s'apprêtait à courir vers la porte, vers la pharmacie.

– Non, dit-elle. Je ne veux pas de la prison. Je ne veux pas! Ne comprenez-vous pas qu'il vaut mieux, ainsi? D'ailleurs, tout serait inutile...

Elle soupira.

– Dieu, que je vous hais! J'aurais tout donné pour que vous preniez ce bonbon...

C'était monstrueux!

Elle avait cessé de se cramponner au rebord de la table; ses mains aux doigts recroquevillés sautaient spasmodiquement sur le bois, telles deux araignées de cauchemar.

– C'était ma maison ! C'était mon droit !

La souffrance la tenaillait. Tout brûlait, en elle. Mais elle résistait; elle avait autrement de force de caractère que Clémence !

Elle se pencha, fit effort pour dominer les soubresauts insensés de ses mains – ces mains qui semblaient ne plus lui appartenir, être deux bêtes animées d'une vie indépendante. Elle y parvint. Elle ouvrit, avec la main droite, les doigts de sa main gauche, tendit la paume.

– Regardez ! Cette ligne de vie ! Double ! Large et rouge ! Si longue, si longue !... Et ces rascettes sur mon poignet ! Trois rascettes, bien profondes, et une quatrième, très fine – mais elle y est ! Cent ans !... Cent ans, vous entendez ? J'étais taillée pour vivre cent ans !

Elle haletait. Sous l'afflux du sang qui montait au visage, sa peau se colorait, prenait une nuance brique, et des taches blanchâtres commençaient de s'étendre : comme la cendre sur un charbon qui va mourir.

Cent ans !...

Elle éclata d'un rire abominable, sauvage, marqué de démence.

– Les lignes mentent ! Comme tout le reste ! Il n'y a que des gens et des choses qui mentent !

Un silence. Puis, dans un souffle :

– Il est vrai que les lignes ne pouvaient pas prévoir...

Le rire la reprit :

– Eh bien, vous ne la ferez pas, votre plaidoirie, monsieur l'avocat ! Il faudra chercher un client ailleurs !

Elle se dressa, au prix d'un effort considérable. Elle chancela, se retint au dossier d'une chaise, traîna autour d'elle un regard désolé.

Les meubles Maisondieu, les portraits Maisondieu, les draps, les nappes Maisondieu, les assiettes fleuries, les bibelots Maisondieu, les horloges Maisondieu...

Les murailles tremblaient, les meubles glissaient, la maison entière chavirait. Elle crut venu l'instant suprême, et qu'elle allait mourir : elle se jeta vers cette fenêtre d'où, si longtemps, elle avait vu tomber sur la Place de Criquebec le soleil et la pluie que Dieu fait. Elle noua ses doigts sur l'espagnolette, si étroitement que les articulations craquèrent. Elle n'acceptait pas de mourir. Elle était taillée pour vivre cent ans, et elle n'en avait encore que soixante-six. Toutes ces années qu'elle aurait pu, qu'elle *aurait dû* passer encore dans la maison des Maisondieu, et que la malchance lui volait, stupidement !... Puis elle faiblit :

– Mon Dieu, pardonnez-moi ! Je n'étais qu'une pauvre femme qui ne demandait pas grand-chose; rien que vivre et mourir dans sa maison...

Eh bien, quoi, Amandine, est-ce si terrible, après tout ?

Il va falloir retirer, définitivement, ton profil de corneille de la croisée qui donne sur les marronniers. Mais une autre Maisondieu, ta sœur, au profil tout pareil au tien, va venir s'installer près de cette croisée. A son tour, elle sera la pieuse gardienne des reliques Maisondieu; elle veillera à ce que le linge ne soit pas mité, elle déposera dans les tiroirs des boules de naphtaline; et, chaque semaine, elle remontera les horloges (Elle qui ne peut souffrir le bruit d'un tic-tac !) et les horloges battront la seconde à son service, jusqu'à ce que...

Jusqu'à ce que, la dernière représentante des Maisondieu éteinte, les meubles, les draps, les assiettes, les reliques soient emportés dans le vent des enchères !

Là-haut, sur le plateau, la dalle du caveau de famille sera soulevée une dernière fois, puis retombera. Ci-gît Adrienne Maisondieu. Ci-gît Marcellin Maisondieu. Ci-gît Amandine. Ci-gît Clémence. Ci-gisent tous les Maisondieu! Deux dates sous chaque nom. Priez pour eux!

Et plus rien, dans le ciel ni sur la terre, n'aura d'importance!

La douleur lui arracha un cri d'enfant. Tout d'un coup, pour que cela aille plus vite, que cela finisse, elle prit un autre chocolat; mais sa main manqua sa bouche : le chocolat empoisonné roula sur le parquet.

Lepicq était comme paralysé. Il avait assisté à bien des scènes tragiques, mais jamais à un spectacle aussi pénible. Il se disait : « Je suis un assassin! Elle meurt par moi. Quelle importance cela avait-il, que la mort de Jaufre ne fût pas vengée? Il est vrai qu'il y avait Barnabé!... »

Elle lança ses bras en avant. Fit un pas. Le lit... Mourir sur le lit! Pas sur le parquet, comme un chien. Sur le lit. Comme ça se fait. Comme ça doit se faire. Comme ça s'était toujours fait chez les Maisondieu. Tenir son rang... Dignité... « Jaufre, je vous appellerai ce soir. Vous apparaîtrez dans le miroir magique... » Ridicule, ce fakir! S'il se figurait qu'elle ne comprenait pas...

Elle délirait.

Elle fit un autre pas. Voulut le faire, plutôt; mais n'y parvint pas. Il le fallait, pourtant! Le lit... Le lit...

Lepicq la soutint.

– J'espère qu'ils sauveront Clémence, dit-elle après un spasme qui amena sur ses lèvres une écume. Je ne lui voulais pas de mal...

La pièce était profonde. Il y avait bien sept ou huit pas d'ici le lit. Un voyage... Un interminable voyage. L'avocat portait presque la vieille fille. Elle lançait faiblement ses bras en avant.

Ses doigts se fermèrent, se crispèrent sur les

paumes comme ils s'étaient crispés sur la table. Les ongles, très aigus, griffaient l'épiderme.

Lepicq sentit sur son visage le souffle d'Amandine.

Elle disait :

– Vous êtes content? Vous êtes content, maintenant?

Ils approchaient du lit; ils y touchaient presque.

Amandine ouvrit les mains. Il y avait un peu de sang à l'extrémité de l'annulaire gauche. De ce geste familier, qu'elle avait fait tant de fois, elle éleva sa main devant ses yeux. La surprise l'envahit.

– Ma ligne de vie... Sectionnée... Un de mes ongles l'a coupée!

Un calme souverain pacifia son visage bouleversé. Sa tête tomba de côté; elle put encore murmurer, d'un accent singulier (conviction quasi religieuse? Ou suprême ironie?) :

– J'avais raison! Les lignes ne mentent pas!

Lepicq souleva le long cadavre et le porta jusqu'au lit. Sur ce lit où étaient nés et où étaient morts tant de Maisondieu, il étendit la vieille fille, toute noire, sur la couverture violette.

Dans les chambres, les horloges travaillaient pour rien. Il n'y avait plus, dans la maison, qu'un étranger.

Lepicq sortit, ferma à clef, monta à la mairie et, devant le maire et le garde champêtre, il fit une relation complète de ce qu'il avait découvert, et des événements qui venaient de se dérouler.

14

LA BELLE ÉTOILE

Le Professeur Alfa enlevait sa barbe d'or.

– Alors, mon petit Jugonde?

Le « fakir » passait une serviette sur son visage, faisait disparaître par larges plaques son fond de teint safran – redevenait Jugonde, secrétaire de Me Prosper Lepicq.

– Vous venez de passer un mauvais moment, patron?

– Terrible! Je crois que je préférerais affronter une demi-douzaine de gangsters armés jusqu'aux dents, plutôt qu'une autre vieille fille armée seulement de mort aux mouches et de bonbons au chocolat!

Jugonde débarrassait ses paupières du khôl qui lui faisait des yeux insondables. Sa force psychique ne résidait plus que dans les roses de son teint, le pétillement de son regard, l'éclat de ses dents saines. Sa capacité de prestige auprès des vieilles dames était pratiquement réduite à néant, mais son pouvoir de séduction sur les jeunes filles se trouvait singulièrement accru!

– C'était plutôt gros, la séance d'évocation de Jaufre!

– Il fallait cela! fit Lepicq. Vous avez été parfait! Je n'en dirai pas autant de moi-même! Du diable si j'imagine à quelle seconde elle a versé son poison, juste sous mon nez ! Au fait – Clémence ?

– Le plus dur est fait. Les vomissements étaient ce qui pouvait se produire de mieux. Elle s'en tirera.

Jugonde avait maintenant l'air de ce qu'il était réellement : un frais et joli garçon de vingt-quatre ans.

– Sans reproche, patron, vous m'aviez confié une corvée assez répugnante ! Les horoscopes à la douzaine, interchangeables ! Les talismans à la pelle ! J'ai reçu des lettres navrantes ! Je me dégoûtais, positivement ! Enfin ! La fin justifie les moyens ! Le fakir aura servi la bonne cause !

– Une fois n'est pas coutume ! jeta sarcastiquement Lepicq.

Puis :

– A propos... Dans vos récents courriers, toujours rien de Reine Coulemelle ?

– Rien.

– Couril avait bien raisonné ! Elle s'est créé un monde à part. Une existence en marge. Tout doucement, elle s'y est faite. *Et elle a fini par préférer...* Elle est heureuse.

– Heureuse ?

– Puisqu'elle a dédaigné l'Offre humanitaire du Professeur Alfa.

– Une détraquée !

– Je ne sais. Ridicule, si vous voulez ! Et après ? Avec cela qu'ils ne sont pas légion, ceux qui mènent ainsi, dans le secret de leur cœur, une vie en marge !

Jugonde haussa les épaules.

– Si ça lui suffit...

Au fond, il s'en fichait ! Il avait vingt-quatre ans, un cœur exigeant, le regard chaud, les mains hardies... Il sourit, à l'intention de quelqu'un qui se trouvait loin d'ici, à Paris, dans le XVIe...

– Le plus beau, reprit Lepicq, c'est le cas Couril ! Pour lui aussi, tout se passe là – derrière le front ! Un chimérique, comme Reine Coulemelle. Les sabbats, le guilledou, quelle farce ! Et comme tout devient facile à expliquer ! L'écriteau le traitant d'assassin ? Que risquait-il, puisqu'il était innocent ? Mais cela le campait, gonflait son personnage ! Les lettres anonymes ? On lui prêtait des mœurs dissolues : va pour les mœurs dissolues ! Trop heureux de saisir cette occasion de corser sa personnalité ! Don Juan ! Casanova ! Les beaux rôles ! « Je tourne la tête aux femmes ? Possible ! Je ne les prends pas de force ! Que les maris se défendent ! » Alors qu'il n'y a probablement pas eu une seule femme dans sa vie ! Les femmes ! Cette préoccupation constante, tandis qu'il faisait ses éternels cent pas, ou qu'il guettait sous la fenêtre de Reine Coulemelle ! Une femme qui vaque à sa toilette, qui se farde, qui se frise... *Une femme !...* Il rêvait ! Et dire que c'est lui qui m'a expliqué l'état d'âme de Reine Coulemelle ! Le nain solitaire était tout désigné pour comprendre la postière esseulée !

– Sacré petit nain ! s'esclaffa Jugonde, avec l'indifférence de son âge.

Lepicq rangeait dans sa serviette son mince bagage : les chaussettes, les pantoufles, le slip, le pyjama, le Montaigne toujours à l'état neuf.

– Vous rentrez à Paris, patron ?

– Non ! Je suis en vacances !

– Plus besoin de moi ?

– Du tout, mon petit Jugonde. Fini ! Réglé !

– Alors...

Jugonde tendait la main. Il descendait les marches quatre à quatre, courait pour attraper la patache qui le conduirait à la gare. Il était pressé de rentrer à Paris, à cause d'une jeune fille qui habitait le XVIe...

A son tour, Lepicq descendit, posément. Il régla

sa note, remit, avec quarante sous pour la commission, deux enveloppes au gamin des Pibole.

– Tu feras le facteur pour moi !

Une de ces enveloppes était destinée à Médéric Plainchant. Elle contenait une carte de visite sur laquelle l'avocat avait simplement écrit ce nombre : 14. 14, dans la brochure du Langage des Fleurs, correspondait à la Mélisse, qui signifie : *Ayez plus d'audace !*

L'autre enveloppe était pour Zélie. Lepicq avait écrit sur sa carte : 178. C'était le numéro de la Rose pompon, qui veut dire : *Vous vous marierez prochainement. Tous mes vœux !*

Et il s'en alla. Il se rendait au Havre, à pied, comme il l'avait décidé en partant de Paris. Il quitta Criquebec sans tambour ni trompette, sans prendre congé de ces dames, sans se soucier de savoir si la veuve Angat avait mené à bonne fin l'érection de son ciel de nativité.

Il marchait bon pas. Il était léger, allègre. Il n'avait pas gagné un sou dans l'affaire Jaufre, mais il était content tout de même. La route sur laquelle il avançait était une belle route. Il se sentait vif et dégourdi comme un diable. Le soleil tapait encore joliment, mais avec modération. Ses rayons n'étaient pas bénéfiques pour des raisons relevant de l'ésotérisme. Ils étaient bénéfiques parce qu'ils étaient chauds, ni plus ni moins.

Fini, les superstitions, les présages ! Un lacet qui se dénoue n'annonce ni bonne ni mauvaise nouvelle. Il annonce qu'il faut le rattacher ! Une pie s'envole à gauche : signe de tracas ? Mais non !... C'est signe qu'elle avait envie de s'envoler ! Un corbeau s'envole à droite : signe de malheur ? Mais non !... C'est signe qu'il a entendu le bruit de mon pas. C'est un gaillard prudent, il tire au large ! Bon voyage, monsieur du Corbeau !

Lepicq dîna dans un petit patelin qui n'avait pas de nom, et s'en passait fort bien.

Il repartit, d'un pas élastique. Il avait mangé de bon appétit; son ventre ne faisait pas de pli!

Il était si content que, ce soir-là, il décida de ne pas dormir à l'hôtel. Il coucha en pleins champs, dans une meule de foin, à la belle étoile.

Etendu sur le dos, la tête calée sur sa serviette de cuir, il contempla un moment la Voie Lactée, la Grande Ourse, la Polaire, et autres accessoires de l'horlogerie céleste. Bleue, à l'horizon, Vénus lui faisait de l'œil.

« Je suis Vénus; je suis la plus belle! Je gouverne la gorge et le menton; je fais les musiciens, les peintres, les coiffeurs, les artistes en tout genre! »

Dans les gouffres de la nuit, les sphères roulaient.

Lepicq entendait des voix :

« Je suis Saturne. Ce n'est pas pour rien qu'on m'appelle la Grande Infortune! Je suis pourri de méchanceté! Méfiance, Lepicq! »

« Cette prétention! ripostait une autre voix. Qui tient les leviers de commande pour le quart d'heure? C'est moi, Jupiter, autrement dit la Grande Fortune! Je suis bonhomme, et je veux du bien à cet avocaillon! » « Je suis Neptune, la " planète-mystère ", disait Neptune. Je donne l'intuition, et même la double vue. Je ne veux pas de mal à ce Lepicq, mais je suis présentement en exil en Maison XII; qu'est-ce que vous voulez que je fasse? » « Je suis Mercure, j'agis sur le cervelet et les orteils, disait Mercure, avec l'accent et le bagou d'un commis voyageur. Mes sujets, neuf fois sur dix, sont des petits débrouillards! Mes radiations élémentales sont de première qualité et ma tonalité vibratoire sans rivale! Exigez la marque Mercure!... » « Je suis la Lune, disait la Lune; on me connaît; ma réputation n'est plus à faire. Je gouverne l'œil droit chez les hommes, l'œil gauche chez les femmes... »

Ainsi, dans ce ciel de Basse-Normandie, au seuil de leurs maisons zodiacales, les planètes bonimentaient, comme des camelots !

Lepicq, à demi assoupi déjà, s'agita, avec humeur.

« Mais non ! grommela-t-il. De la blague, tout ça ! Et d'abord... il n'y a pas de planètes ! »

Pour l'éditeur, le principe est d'utiliser des papiers composés de fibres naturelles, renouvelables, recyclables et fabriquées à partir de bois issus de forêts qui adoptent un système d'aménagement durable.

En outre, l'éditeur attend de ses fournisseurs de papier qu'ils s'inscrivent dans une démarche de certification environnementale reconnue.

Achevé d'imprimer en avril 2008
sur les presses numériques de l'Imprimerie Maury S.A.S.
Z.I. des Ondes – 12100 Millau

Édition : 02 – N° d'impression : D08/42134 L
Dépôt légal : 05/2008

Imprimé en France